TTS新書

勘違いパラダイス

Yはなぜ土足で料亭に上がったか

秋野梓
秋野まつり

東京図書出版

序

若い知人「Y」が、土足で、老舗料亭に上がったと聞いて、私ども親子は、大笑いしました。

「そんな勘違いをすることもあるんだ！」

呆れるやら、おかしいやらで、時折、親子でそれを話題にしていました。

一方、組織の中では、そうした勘違いや失態の発生防止が、結構切実な課題であるということもわかって来ました。

そこで、Yの勘違いを手始めに、種々検討していくうちに出来上がって来たのが、この本です。物語の体裁をとってはいますが、啓発本です。

三人の若い女性たちの恋話（こいばな）に絡めて、楽しく展開しています。

気軽に楽しく、お読みいただけますと幸いです。

登場人物紹介

◇糸

美人で、聡明。

緻密な思考力の持主であることから、「返し縫いの糸ちゃん」という愛称で呼ばれている。

不思議と男性との縁が薄い。

◇二葉

お喋りで、甘ったれ。
カタコトしか喋れない
けれど、英語が好き。
同じ会社の年下のＹと
付き合っている。

◇一美

まじめで、生ビールが好き。
高校のクラスメイト弘志と、
高卒後七年間も付き合って
いる。
そろそろ結婚？

目次

プロローグ

ある日、慶用寺のお祭りにたくさん人がまゐりました。

そして、廊下を通って、庭の前まで出ますと、柱に、「このさきはきもの無用（ママ）」と書いてありました。

人々はそれを読みちがへて「このさきは、きもの無用」と読んで、男も女も、着物を、ぬいで行きました。

i　土足で料亭に！

退社支度を始めた一美の携帯に、二葉からメールが届いた。

「イミデ会える？　ア・イントラブル」

二葉は英語が好きで、メールにまで片言の英語を使ってくる。

「イミデ」は、immediately 即座にで、「ア・イントラブル」は、I am in trouble.困っている！　という意味だということは、専門学校の頃から付き合いのある一美には、それこそイミデにわかる。

わからないのが、トラブルの内容だ。

前回、二葉が、「ア・イントラブル」と大騒ぎしたのは、体重が二キロ増えたというようなことだったし、前々回は、別々の店で別々に買ったブラウスを、その朝着ようと見比べると、色柄が異なるだけでまったく同じ製品とわかり、

「私って、早くも認知症？」と呆然としているというような取るに足りないことばかりなのだが、それでも、アパートに一人帰るより、二葉の些細な悩みを聞きながら夕飯を食べる方が楽しいに決まっている！

「シュア」と返信すると、「サンクスの大行列」と、返信が来た。

職場の帰りに会う場所は決めてある。至ってリーズナブルな西洋居酒屋で、アルコールを注入しながら、空腹を満たせる。

二葉の予約はあったが、本人の姿は、まだ見えないので、案内された席に座って、取り敢えずバラエティーバスケットと生ビールを注文した。

「お待たせしました！」

湯気立つバスケットがテーブルに置かれたとたん、その湯気が、魔法の湯気ででもあったかのように、二葉が小走りにテーブルに近寄って来た。

「ええと、私は、シーザーサラダとアセロラ・コラーゲンサワー」と、慌(あわただ)しく注文してしまうと、「Yのことなんだけど……」と、声を潜(ひそ)ませた。何が情けないのか、目も口も、への字に曲げている。

Yというのは、昨春、二葉の会社に新しく入った社員で、二葉は一年かけて、やっとインティメな、まあ、つまりはintimate（親密）な関係になりかかっているのだが、Yが年下で頼りなく思えること、Yと結婚すると、職場と家庭の境界がぼやけそうで、五年も勤めた会社を、結局、自分は辞める方を選択するだろうなど思われて、いま一つ進展しきれていない相手だった。

勇樹の頭文字を採って、二葉が「Y」と呼んでいるそのままに、一美も「Y」と呼んでいる。そのYと、何かあったのだろうか？

が、まあ、何と言っても、二葉の「ア・イントラブル」だもの。大したことあるはずない！　一美は、二葉が摘みやすいようにバラエティーバスケットをテーブルの真ん中に押しやると、自分もフライドチキンに齧（かじ）りつきながら、二葉の話に耳を傾けた。

そして、二葉の話は、一美の予測どおり、今回も、まったく取るに足りない、至って瑣末（さまつ）で滑稽（こっけい）なYの失態についてだったのだ。

Ｙの部署では、ちょっとした祝いごとがあって、関係者が集まって会食をすることになった。入社二年目のＹは幹事役を任され、部長推薦の老舗料亭の予約も取り付けた。

当日、何か下準備的なことがあればと他の人たちより一足早く料亭に行ったＹは、玄関で、仲居に、「いらっしゃいませ。お履物（はきもの）は、そのまま」と言われて、土足で式台に上がった。当然ながら、「あれ～！」と仲居に押し止められて、Ｙは初めて、土足で上がってはいけなかったのだと気がついた。後で同行者にその話をしたら、みんなに馬鹿にされて笑われてしまった。

二葉は、一気に喋り終えると、

「こんなんだものねえ」と、溜息をついている。

「それって、お悩み系の話？　私はまた、お笑い系かと……」

一美が思ったままの感想を述べると、

「そりゃあ私だって、これが他人事（ひとごと）だったら、きっと大笑いして、すぐに忘却のカーテンの向こうに追いやってしまったわよ。だけど、そんなYと付き合っているのが、この私なのよ。このままYと付き合い続けていいものかどうか？　それがわからないから悩んでいるんじゃないの」と、二葉は結構しんみりしている。

「付き合い続けちゃ駄目って言われたら、付き合い止めるの？」

一美が、ごく当然の質問をすると、二葉は、じれったそうに唇を突き出して、

「だから！　それができないから、一美に相談してるんじゃないの。Yは、そりゃあ出世タイプじゃないけど、心の奥深くにpure and beautiful（純粋で綺麗）な宝を持っていて、私は、Yが入社して来たときから、ずっと好きだったの。そして、やっと、二人の間の種々のbarriers（障害）を克服して、さあ、いよいよ、the next stageへstep upと思ったとたんに、この始末なんだものねえ。こんな低レベルの常識問題で勘違いするYとintimate（親密）な仲になっちゃったりしたら、これからの人生、どんな常識外れなことになってしまうかと……」

「そんなふうに次々心配ごとを見つけては、the next stageやらへfall inしないのは、根底のところで、あなたのYへの愛に打算があるからじゃないの？」

一美は、これこそ友達がいと、冷静に分析すると、二葉は、ますます、じれったそうに、

「私がカルキュレ（calculating：打算的）な女なら、Yみたいに気が弱くて出世しそうもない人なんて選ばないことくらい、あなただって、わかってるでしょう！　そんなイジワル言っている暇があるんなら、Yの失態に対して、my heart and mindが休まるような、何かいいインタプリテをちょうだいよ！」と、全く以て二葉らしい、駄々っ子のような難題を突き付けてくる。

「インタプリテ？　interpretation？　説明、解釈？」

「そうよ。あなたなら、何とかしてくれると思うからこそ、こうして相談してるんだから」

「私よりも、糸ちゃんの方が適任じゃないの？」

一美は言った。糸は、一美と二葉の専門学校時代からの大親友であり、かつ緻密な思考力の持主だった。

「うん、そうなんだけど。今日は、残業で来られないんだって。だから、明日」

「そうなんだ。糸ちゃんの思考力に期待しつつ、私も、まあ、及ばずながら、my bestを尽くして、考えてみますか！」

そう答えはしたものの、一美に何か目算があるわけではなかった。

一人アパートまでの道を辿っていると、さっき別れたばかりの二葉の表情や言葉が、影のように一美の踵の後ろを付いて来る。

「私がカルキュレ（calculating）な女なら、Yみたいに気が弱くて出世しそうもない人なんて選ばないことくらい、あなただって、わかってるでしょう！」

口説くように喋っていた二葉の言葉が、蘇って来る。

「つたく！」

一美は、溜息をついた。

結婚相手も、洋服や靴を選ぶように選ぶのであれば……。きっと、流行の色やデザインが出るたびに、取っ替え引っ替え、替えたくなるだろう。また、あまりにコスパの悪い物に、安易に手を出すこともないだろう。男女の結び付きには、確かに、洋服や靴の選択基準とは違う何かがある！

Yは、二葉が、その人の人生と自分の人生を重ねてみたくなった、生まれて初めての男性だった。好きで堪らないのだが、その理由が自身でわからない。強いて言えば人柄的なことしかないのに、その範疇に属することで、Yがあまりに馬鹿げた失態を演じたので、二葉は、また、揺れている。そんな二葉が、可愛くなくもない。だけど、自分が、二葉に、何かいいアドバイスできるだろうか？

ii　水晶玉笑劇場

一美はアパートに帰ると、今日の夕飯用に作ってあった総菜を冷凍庫に移し、明日の弁当と、明日の夕飯用の総菜を作り始めた。

一美が、こうして毎日台所に立つのは、節約のためということも勿論あったが、毎日料理する習慣を自分の身体に染み込ませるためだった。

弘志と結婚して一緒に住むようになったら、毎朝弁当を作って持たせてあげたい。そのとき、弁当を作ること自体に苦痛を感じるようでは、夢の実現もおぼつかないからだ。

ニンジンの胡麻和えを作るため、ニンジンを細（ほそ）く刻んでいると、とんとんとんとん、包丁がまな板に当たる軽快な音が、一美の連想を、つい、お笑いの世界へと引っ張って行く。

——なんで土足で上がっとんねん！　こんな老舗の料亭で！

——そやけど、仲居さんが言うたやろ。「お履物は、そのまま」って！　俺は、いま、靴履いとるから、そのままいうたら、土足のままいうことになるやんか！『広辞苑』でも何でも見てみい。そのままいうたら、「状態に変化のないこと」と、ほら、ちゃんと書いたあるがな。俺、結構、国語強いからな。

——この馬鹿が！　ええか。玄関で靴脱ぐいうんは、もう言わんでもええ当たり前のことや！　超当ったり前！　ド超当ったり前！　靴は脱ぐけど、その脱いだ靴を、どうするんや？

——どうするんや言われてもなあ？　そのままにしといたら、誰か盗むやろか？　お前か、盗人は？

——なに人聞き悪いこと言うとんねん！　誰が盗むか、そんな汚らしい靴！

——そやろ。誰も盗まんやろから、俺、そのままにしとくわ。

——そこや！　それがいかんのや！　ええか。人の家訪ねたら、まず迎えてくれた人に後ろ見せんように、こう前向きに上がってな……。

――後ろ見せたら、後ろからやられるかも知れんからなあ……。

――後ろから、こう、ぐさっとか。なに馬鹿言うてんねん！　誰が、そんなことすんのや！　そうやないやろ！　迎えてくれた人に失礼のないようにや。

――なんで、後ろ見せたら失礼になんのやろ？　この俺の顔と、この俺のケツと、どっちが失礼やろか？

――それは……。お前の場合は、顔のような気もするけど。まあ、お前だけの特殊ケースはさて置いて、ここは一般の常識どおり、前向いて上がったってえな。

――わかった！　こうやって前向いて上がって……。

――そんで、迎えてくれた人にケツ見せんよう振り向いて、そこで片膝をついて座ると、何が見える？

――汚い靴や。

――そやろ。その汚い靴が、脱いだまま、どでんと玄関の三和土（たたき）にあると、余計汚いやろ。そやから、その靴を揃（そろ）えて、帰るときに履（は）きやすいよう爪先の方を外に向けてな、三和土の隅に置くのが礼儀なわけよ。

――わかった。ほな、こないして料亭も上がればよかったんやな。

――違う、違う！　そやから……。

――なにが違うねん？　土足で上がっても駄目。靴揃えて上がっても駄目。

――そやから、仲居さんが言うたやろう。「お履物は、そのまま」いうて。「そのまま」いうんは、脱いだ靴を揃えんでもええいうこっちゃ。

――そんなら、最初から、「お履物は、脱ぎっ放しで、どうぞ」と言うたらええやないの。そしたら、誰でも靴脱ぐやろし、脱いだ靴を揃えもせんやろし、恥もかかずにすんだのになあ。

――ほうか、お前にも恥いうことはわかるんか！

――わかる、わかる。俺、結構、国語強いからな。生き恥をさらす。恥も外聞もない。旅の恥は掻き捨て……。

――大したもんや。

――そやろ。そやから、恥を知れ！

――いま、何したん？　指、あっちの方へ向けて、びんびん振り立てたりして。

――そやから、さっきの仲居に、「恥を知れ！」言うたんやないか。仲居やのに、玄関での挨拶もちゃんとできんで、ホンマ恥ずかしいわ。

――お前、わかっとんか？　そういうのんを、恥の上塗り言うんやで。ホンマ、お前の親の顔見てみたいわ！


「親の顔？」

一美は、包丁の手を止めた。

「そうか、親か！」

今まで、一度も考えたことがなかったが、もしかすると、Yの母親は、二葉に似ているのではないだろうか？

急に、そんなことが思われたからだった。

二葉に似て、どちらかと言えば、小太りで、お喋りで、人柄がよくて……。

地方の大学を出て、親元を離れて東京に就職して来たYの身体には、まだプレス加工のように母親の身体の凹みが付いていただろう。それが二葉の本能に、そこを埋めるのは自分しかいないと思わせたのではないだろうか？

　一美は、苦笑した。

　男女のことは、本当のところは、わからない。

　自分にしても、高校を卒業して以来、ずっと弘志と付き合い続けているのだが、その発端は、高三の進学先調べが始まったときのことだった。

　卒業後の希望進学先を親と相談して書いて来るよう担任から用紙を渡されたとき、一美は、なぜか、突然、弘志の希望進学先が決まらなければ自分のそれも決めようがないと思われて、放課後、弘志を校門で待ち受けて、弘志の希望進学先を聞いたのだった。

「高二でクラスが一緒だっただけのカズミに、突然希望進学先を聞かれて面喰（めんく）らったけど、そのとき以来、カズミのことばかりが気になって……」

　それを一美が聞いたのは、高校を卒業して弘志と付き合い始めてからだった。

　弘志が東京私大の工学部へ進学希望と知って、一美は、東京の経理専門学校を進学先に選んだ。

そして、弘志が大学生の間、二人には、夢のように甘い幸せな日々が続いた。暇がある限り、時間と空間を共有し、東京の街や公園を歩き回った。

一美にとって思いがけない試練が訪れたのは、弘志が大学を卒業してからだった。安定企業に就職できたのはよかったのだが、勤務地が東北の宮城工場になってしまったのだった。

毎日のように電話で話し、一美が宮城に行ったり、弘志が東京に来たり、観光を兼ねて途中駅で会ったり……。そんな生活がもう三年続く。

二葉ではないが、こんな二人の関係も、そろそろ the next stage へ step up すべきときが来ているのだろう。

今月の弘志とのデートの場所は、ちょっと豪華な温泉旅館にして、最近少しマンネリ化していないとも言えない二人の逢瀬を、refresh（リフレッシュ）？

何か考えごとを始めるといつでも、頭の中にどこからともなく現れて来る水晶玉を、撫でるようにころころと転がしながら、一美は、弘志と知り合ってからのこの九年、特に、付き合い始めてからの七年をしみじみと思い返した。

「そろそろ、結婚……？　しかし、その前に何かしなければならなかったような……」

一美は、今夜の二葉との会話を思い出した。

そうだった！　Yが、とんでもない常識外れな人間ではないということを、二葉が納得できるよう説明するという、厄介（やっかい）な役割を引き受けさせられていたのだった。

「まあ、しかし、この水晶玉を撫でるようにころころと転がしているうちには、何かいいアイディアも浮かんで来るだろう……」

ぼんやり、そんなことを考えていた一美は、いきなり、吹き出した。

それというのも、一美の「水晶玉」にしてからが、滑稽なことに、そもそも一美の幼稚な勘違いの産物だったからだ。

勘違いの産物で、勘違いの説明を考えたりしたら、それこそ、とんだお門違（かどちが）いな結論に辿り着くのではないだろうか？　それが、おかしかったのだ。

一美が、まだ小学校の中学年で、ぼつぼつテストの成績などを気にし始めた頃のことだった。

その頃、大学生だった叔父が、「答えに困ったら、いったん頭の中をカラッポにすると自然に答えが見えてくる」と教えてくれた。

「人間の頭には、学校で学んだことは全部収まっている。全部収まっているが、必要な知識も不必要な知識もごたごた積み重なっていて、そのとき必要な知識が取り出せないだけなのだ」と言うのだった。

ところが、生憎、一美は、その頃また、他の大人が、「何もないように見えても、そこには空気が詰まっていて、本当の意味でカラッポということはない」と言うのを聞いて、妙に感心したばかりだった。

「頭の中をカラッポにはできない。カラッポにしようとすれば、そこには空気が入って来るはずだ」。そんなことを思いつつ、しかし、テスト対策の一つとして頭の中をカラッポにする練習を始めた一美の頭に忽然と現れたのが、あたかも空気が凝り固まったかのような透明な水晶玉だったのだ。

水晶玉の力は絶大だった。水晶玉を撫でるように転がしているうちには、「そうだった！　教科書にこんなことが書いてあった」など思い出されて来て、かなりの確率で正解に辿り着けるのだった。

そんな話を何かのついでにしたことから、水晶玉を持つ占い師のように見做されて、緻密で丁寧な思考をして「返し縫いの糸ちゃん」と呼ばれている糸ともども、一美は何かと、二葉から当てにされる存在になってはいるのだが……。

iii　言葉数が減れば、誤解も減る？

月に一度の弘志とのデートを、途中駅近くの老舗温泉旅館に決めて、一美は駅で弘志と待ち合わせた。駅には、旅館のシャトルバスが迎えに来ている。バスの降車場所から、石畳を歩いて玄関に至ると、そこに着物姿の仲居が何人か立っていて、次々入って来る客を、宿泊手続きのため、まずフロントに案内する。その手続きを弘志がしている間、一美は、フロントから少し離れたところに立って、あたりを眺め回していた。

床一面に敷き詰めた豪華な絨毯（じゅうたん）の上を、誰もが当然のごとく土足で歩いている。

最近では、公的な場所では、屋内も土足の方が一般的になっている。この温泉旅館でも、フロント、回廊（かいろう）などかなりの部分を土足で歩かせている。仲居たちも草履（ぞうり）を履いている。

Yの失態を考えるに当たっては、こうした現代の生活習慣を見落とすわけにはいかないだろう。すでに、人々の意識のかなり奥深く、土足が浸透している。案内された浴場、夕食会場では、その入口で履物を脱ぐような設え（しつらえ）になっている。いかにも、そうなのだが、その「いかにも」が、何によって醸（かも）し出されているのか？　注意して見ると、式台の横の下駄箱だったり、式台に敷かれた畳だったりするようだ。

一美は、いままでに行ったことのある日本料理店の幾つかを思い浮かべた。玄関で履物を脱ぐ店もなくはないが、店内に入ってから、座敷ごとに下足場がある店、各部屋にのれんが掛けられ和座敷の装飾が施されているのに、結局土足のまま椅子に腰掛けて和膳を食する店という具合で様々である。その様々に、自分は、無意識に身を添わせているのだが、それはなぜなのだろうか？

Yが、その違いを認識できず、結果として失態を演じてしまったのは、なぜなのだろうか？

一般には、「常識がある」「常識がない」という言葉で、その違いを説明しているようだが、その「常識」とは、何なんだろうか？

Yが勘違いした料亭では、式台は、きっと板張りだったのだろう。そして、もしかしたら、仲居は、一足早くやって来たYを、この温泉旅館の仲居たちのように、立って出迎えたのではないだろうか？

湯船に身を浸していると、しっとりとした湯気が身を包むように、自分の考えも具体的な出来事に添って回り始めたという実感が湧いて来て、心地よい。

風呂の後の夕食では、広い夕食会場のあちこちで給仕をしている仲居たちの立振舞を、一人一人の判別を付けながら眺めていると、あたかも自分が、仲居の働きぶりに目配りしている女将にでもなったような気分になって来る。もし、自分が料亭の女将だったら……。一美は、ふっと、そんなことも考えてみた。

もし、自分が料亭の女将だったら、客が土足のまま式台を上がったからといって、客を、単に非常識と見做すような、そんな一本調子な対応はしないだろう。

そんな一本調子な対応しかできないような料亭だったら、きっと、とっくに潰(つぶ)れているはずで、老舗にはなっていないはず。ということは……。

一美はもう、心底、女将になりきっていた。

――まったく、うちの仲居ときたら！　どうも、まだまだ、躾(しつけ)が行き届かなくて、お恥ずかしいことでございます。

先日もですね。

「困りましたわ、女将さん。お客様が勘違いなさいましてね。土足で、式台を上がられたんですよ」なんて、報告するものですからね。

「違うでしょう！」って言ってやりましたんですよ。

そうしましたら、仲居はしばらく考えていて、やっと、「私がお客様に勘違いさせてしまいました。申し訳ありませんでした」って、頭を下げてはいましたけどね……。

でも、心の中では、きっと、納得していないと思いますよ。

だって、あの仲居は、もう十年も、毎日のように玄関で、同じ言葉でお客様をお迎えしているんですもの。それで勘違いなさったのは、あの方が初めてなんですものねえ。あの方が特殊。まあ、いわば、宇宙人？　というように思いたいと思いますよ。

一度くらいは朋輩（ほうばい）と、「このお店にも、宇宙人が来るようになったのねえ。時代の移り変りって怖いわねえ」などと囁（ささや）き合って……。

でも、しばらくすると、お客様に勘違いさせた挨拶は変えなきゃいけないんだって気づくとは思いますけど……。

入浴後のビールの清涼感と「季節膳」の贅沢な口への刺激が、女将になった一美の想像を、ますます放恣に流して行く。

――そうですねえ。どう変えればよろしいでしょうね？

「お履物は、そのまま」というご挨拶で誤解が生じたのですから、それをより誤解が生じにくい、例えば「お履物は、そちらでお脱ぎになり、そのままお上がりください」などに変えればいいかっていうと、それが、そういうものでもないんですね。

まして、「お履物は、脱ぎっ放しで、どうぞ」などに変えることは、絶対ありません。老舗の料亭は、美しいということも必須要件なんですから。

ご存じかどうか、作家の川端康成先生が、『山の音』という小説をお書きになって、その中で、主人公の尾形信吾が、暇を取ったお手伝いさんについて次のように話す場面があるんです。

加代がね、帰る二三日前だったかな。わたしが散歩に出る時、下駄をはこうとして、水虫かなと言うとね、加代が、おずれでございますね、と言ったもんだから、いいことを言うと、わたしはえらく感心したんだよ。その前の散歩の時の鼻緒ずれだがね、鼻緒ずれのずれに敬語のおをつけて、おずれと言った。気がきいて聞えて、感心したんだよ。ところが、今気がついてみると、緒ずれと言ったんだね。敬語のおじゃなくて、鼻緒のおなんだね。なにも感心することはありゃしない。加代のアクセントが変なんだ。アクセントにだまされたんだ。今ふっとそれに気がついた。

信吾は、初め加代が、鼻緒擦れのずれに敬語の「お」をつけて、「お擦れ」と言ったと思い込んで感心するわけです。でも後(のち)に、それはアクセントが変なだけで、加代は実は「緒擦れ」と言っていたんだと気づいて、「なにも感心することはありゃしない」と思うというわけなんですね。

「お擦れ」と「緒擦れ」。この二つの言葉を比べると、国語的には、「緒擦れ」の方が、鼻緒擦れという信吾の足に生じた事態を、より的確に表現していますでしょう？

でも、その的確に表現した言葉に対しては、信吾は感心しないで、的確さに欠ける「お擦れ」という言葉に感心するんです。音(おん)にすれば、どちらも「おずれ」

で、どちらも鼻緒擦れを指してはいるのですが、鼻緒擦れという実態にピンポイントで結ばれた「緒擦れ」ではなく、はんなりそれを包み込んだような「お擦れ」の方に、美しさを感じているんですね。

私が申し上げる美しさというのは、そういう美しさなんです。

「お履物は、脱ぎっ放しで、どうぞ」と、「お履物は、そのまま」とでは、言葉としての美しさが違う。美しさということを損なわないままで、改善策を講じていかなければならないんです。

それに、『山の音』には、もう一つ、大切なことが書かれておりましてね。信吾は、「おずれでございますね」と加代が言ったことを思い出そうとすると、そのとき、加代が玄関に両手をついて、そのまま少し乗り出す形になって、「おずれでございますね」と言ったように思われるということが、先ほどの話のすぐ後(あと)に書かれているんです。

信吾は、「お擦れ」という言葉を美しいと聞いたから、それを言ったときの加代の姿勢も美しかったように思い出されるというわけなのですね。

「お履物は、そのまま」という言葉で誤解が生じたのだから、お客様も仲居も、「悪いのは、その言葉だ！」と思い込んでいるかも知れませんが、その言葉が発せられたときの仲居の姿勢やタイミングは、どうだったのでしょうね？　罪は、おそらく、その姿勢やタイミングにあったのではと、私は思っておりますわ。

「もし、自分が料亭の女将だったら……」と想像するだけで、一美の背筋はぴんと伸び、持ち上げたビールのグラスの底に左手が添い、箸が運ぶ料理を、おちょぼ口で待ち受けている。

もっと驚いたのは、そうこうするうちには、いかにも女将らしい、粋な改善策にも辿り着いたことだった。

就寝前、一美は、露天風呂に胸のあたりまで浸かりながら、女将だった自分が辿り着いた粋な改善策を反芻した。

――ここは、やはり、「言葉数を減らして、誤解も減らす」という改善策で参りたいと思いますわ。具体的に申しますと、お客様が玄関にお立ちになったら、仲居は、まず式台に両手をついて、しっかり頭を下げて、「いらっしゃいませ」と、ご挨拶をする。

玄関に入ったときには、土足か靴を脱ぐか判別のつかないようなお客様でも、仲居が、両手をついて頭を下げているようなところへ、さすが土足で上がろうと思うお客様はいらっしゃらないでしょう。それだと、仲居が、土下座していることになってしまいますものね。

靴の脱ぎ方、式台への上がり方は、お客様により様々です。お馴染さんは、すたすたと式台へ上がっていらっしゃいますので、そういうお客様に対しては、当然ですが、「お履物は、そのまま」というようなご挨拶は不要です。すぐに、「どうぞ」と、部屋へのご案内を始めます。

お客様を拝見していますと、式台に前向きに上がるお客様、背中を向けて上がるお客様、式台に腰を下ろしてゆっくり靴を脱ぐお客様と様々ですね。

その様々なお客様お一人お一人を、ここでしっかりお受け止めして、そのお客様の気持が、脱いだ靴の処理に向かったそのタイミングで、仲居は、「そのまま」と、声を掛けます。

お客様の気持が、お履物に向いていないときに、「お履物は」などと声を掛けるから誤解も生じるのです。お客様の気持が、脱いだ靴の処理に向かっているときであれば、「お履物」と言葉で表現しなくても、「そのまま」という言葉が、お履物を指しているということがわかります。

ということで、ご挨拶の言葉から「お履物は」を減らすようにということを仲居に指示いたしました。が、そのときには、仲居も、もう、若いお客様だからとつい立ったままお迎えした自分に非があると気がついて、座ってのご挨拶を徹底するよう気をつけていましたけど……。

女将の目で眺めれば、客が悪いなどということは決してなく、したがって、このYの場合も、当然ながら、Yは、欠片（かけら）も悪くなく、そう勘違いさせた料亭側の諸般の体制に非があったということになるのだが……。

果して、二葉は、そんな自分の解釈に納得し、心安まる気がしてくれるだろうか？　おそらくそうではないだろう。

「だって、それじゃあ、女将は、粋でいいけど、Yは、自分が客ってことを笠に着て、自分の非を欠片も認めない嫌な男って役回りになってしまわない？　そんな嫌味な役、Yには、全然似合わない！」などと、文句を言いそうだった。

これが、Yではなく、洒脱な老人だったりすれば、たとえ、Yと同じ勘違いをしてしまったとしても、

「おっと！　仲居さんに見とれていて、とんだ粗相をしましたね」などと、さらりと自分の失態を詫びておいて、後で幾分心づけを弾むなどして、客側も粋路線から外れることなく、一件落着なのだろうが……。

iv 「わからない」からではなく、「わかった」から、間違えた？

弘志と南北に別れ、東北新幹線「やまびこ」の車窓から、一美は、とっぷり暮れた景色を眺めていた。東京に近づくにつれ、ネオンサインの量が増えて来て、華やかな点滅を繰り返している。その点滅を、ぼんやり眺めているうちに、

「あっ！」

ふいに、一美は、自分の頭の中でも、何かが点滅したような衝撃を受けて、小さく声を上げた。

思いもかけないことを、思いついたのだった。

飲みかけの缶コーヒーを一気に飲み干すと、一美は、いま、頭の中が感電したかと思うほど衝撃を受けた「思いつき」について検討を加えてみた。

「もし、仲居がいなかったら……？」

それが、思わず声を上げるほど、一美に衝撃を与えた「思いつき」だった。

Yの失態の原因が、そもそも仲居の「お履物は、そのまま」という言葉にあったと思われることから、一美は、ずっと言葉に囚われていて、仲居の存在自体を露ほども疑うことをしなかった。

が、「もし、仲居がいなかったら……」と考えてみると、暗闇に一条の光が差し込むように、Yの失態の真の原因に通じる道が、見えそうに思えるのだった。

Yが、料亭の玄関に立ったとき、もし誰もいなかったら、Yは、一体どうしただろう？

そこが、人気（ひとけ）のない、しんと静まり返った玄関だったとしても、Yは、躊躇（ちゅうちょ）なく、土足で式台に上がっただろうか？

答えは、「否」だ。

なぜなら、そこは、同行者たちの誰もが、一目で土足で上がるべきでないとわかるような老舗の料亭なのだ。Yにしても、そこから、「土足で上がるべし」という積極的なサインを読み取ることは困難だったろう。

だから、「Yには、わからなかった。靴は脱ぐべきか、土足で上がるべきか、判断が付かなかった」と考えるのが、最も妥当ではないのだろうか？

Yは、おそらく、しんと静まり返った玄関に立ち止まり、玄関の佇まいや奥の様子などを窺って、判断材料を見つけようとしただろう。

そして、人は、判断材料を見つけようと、なにがしかの労力を掛けさえすれば、その分、正しい判断に導かれる可能性が増えて来るのだ。

けれども、Yが玄関に立ったとき、そこには仲居がいた。そして、仲居の口から発せられた「お履物は、そのまま」という言葉が、Yから、躊躇を奪い去った。

誰もいなければ、「わからない」と感じたはずの靴の着脱が、このとき、Yには、「わかった」と感じられた。それで、それ以上の判断材料を探しもせず、つまりは躊躇なく、「わかったとおり」の行動をしてしまったということなのだ。

Yは、「わからない」からではなく、「わかった」から間違えた！ それは、一美には、この一週間ほどで、初めて手応えが感じられる発見だった。

これで、二葉に、二葉の心の安寧に役立ちそうなことを言ってあげられる。なぜなら、そうわかったことで、すでに、一美自身が、Yに対して持っていたイメージが、瞬く間に、不定形の宇宙人から人間へと変容するアニメ映画でも見ているように、変容していることに気がついたからだった。

「Yが、土足で料亭に上がった」ということだけを聞いたときには、二葉には悪いが、一美は、Yは、もともと、いくぶん常識外れで浅はかな若者なのだという思いを持つようになっていた。Yと、常識ある一般人との間には、越え難い溝がある。Yは、常識ある一般人とは異質な存在、つまりは宇宙人かもと思ってしまっていたのだった。

けれども、もし玄関に誰もいなかったら、きっとYは、そこで立ち止まって、靴を脱ぐべきか土足で上がるべきか、判断材料を見つけようとしただろう。そう考えると、たちどころに、Yと常識ある一般人とを隔てていた溝が狭まり、ことさらYの異質さを言い立てることなど、何もないのだと思われて来る。

Yと常識ある一般人とは、質的に違っているのではない。量的なちょっとした差が、その時たまたま、大きな外観の差を生んでしまっただけなのだ。

V　抑止力？

いつもの居酒屋には、すでに二葉も糸も来ていて、肩を寄せ合ってメニューを眺めながら注文の相談をしている。一美が近づくと、二人は、満面に笑みを浮かべて、一美を迎えた。

「Yのことで、二葉に、何かいいアドバイスできそうなんですって？」

糸が、切れ長の目を糸のように細めて微笑みながら、一美に聞く。

「そうなの。お陰様で！　何しろ、二葉にも早くnext stageへstep upして貰わないと、私だけ結婚ってことになっちゃうからって。そう思って頑張ったのよ」

一美が、答えると、

「結婚？　いよいよね！」と、糸が、幾分は、羨ましくなくはない口調で言う。

「ふふっ、ふぁあい」

一美が、頷くと、

「なあに。その甘ったれた返事は！」

二葉が、冗談めかして、とんっと、テーブルを叩いた。

「結婚しちゃうと、やっぱり、向こうへ行っちゃうんでしょうね」

糸は、早くも、一美との別れを思ってか、声を沈ませている。

「そうなの。そこが最も切ないところなんだけど……。でも、まあ、夏休みに地元で式場決めて、来年の春までに挙式っていうのんびりペースだから。まだ半年くらいは、このまま……」

一美が、答えると、

「それなら安心して、一美の解釈も聞かせて貰えるね」と、糸は、ほっとしたような微笑を浮かべている。

「そう、だから聞いてね」

一美は、糸と二葉の二人に言った。

こういう話になると、「Yの失態に対して、my heart and mindが休まるような、何かいいインタプリテをちょうだいよ！」と、全く以て、駄々っ子のようなことを言う二葉より、糸の方が、ずっといい聞き手になる。糸は、論理そのものに興味を持つが、二葉にとっては、mind（理性に基づく精神の働き）は、ほんの付け足しで、自分のheart（感情に基づく精神の働き）が、落ち着くかどうかのほうが問題なのだから。

「ご期待に添えるとhappyぞろり、なんだけど。どうかしらね？」

一美は、そう前置きしてから、「Yは、躊躇する間もなく『わかった』と感じて、『わかったとおり』の行動をしてしまったのではないか」という、自分なりの考えを、簡潔に、二人に説明した。

一美の話が終わるのを待ち兼ねたように、二葉が、丸っこい身体を揺すりながら、感に堪えないような声を張り上げた。

「一美〜！　それってことは、つまり、Yの失態は、untimely（間が悪い）だっただけで、Yは、それほど常識外れな人間ではなかったってことね！」

声を潤ませながら、テーブルの上に手を伸ばして、一美に握手を求めて来る。

一美は、鷹揚（おうよう）に握手を返すと、すぐに、その考えによって生じた自分の心境の変化についても語ることにした。自然に、口調が、しんみりとしたものに変わっている。

「私、今度のことでつくづくわかったんだけど、宇宙人というようなネーミングで人のことを呼ぶっていうのは、その人と通じ合おうとする努力を放棄した結果なんだってことなのね。私だって、これがYのことでなければ、聞くなり一笑して、『そんな勘違いをする人もいるのね』なんて言って、きっと、それ以上考えてみることもなかったと思うの。聞き書きボランティアなんてやっていて、常日頃、『コミュニケーションの復活！』なんてことをスローガンにしているのによ。お年寄ばかりイメージしていて、『バカな若者力全開』って感じの人とのコミュニケーションは、『無理！』って感じで。でも、今度、Yのこといろいろ考えているうちに、そういう人のイメージが、がらりと変わってしまったの。もう、『どこが宇宙人！』って感じよ」

一美は、グラスを取り上げた。生ビールが一気に喋った後の喉を通過する爽快感が堪らない。

Yは、「わからない」からではなく、「わかった」から間違えた！

それが、この一週間ほど考え続けて、一美が得た結論だった。そのインタプリテは、勿論、二葉の気持にも何らかの変化を起こしたと思うが、一美自身、今後の人との関りにおいて、きっと何か変化が生じて来るだろう。そう確信できるような発見だった。

糸は、テーブルに頬杖をついて、一美の顔を見詰めながら、

「一美の考察に興味津々！　いっそ、わからなければ間違えないのに、半端にわかった！　と思って間違えるってとこ。ちょっと違うかも知れないけど、姉んちの子が、幼かった頃のことを思い出すわ。大人の会話の片言隻句を捉まえては、その話と何の脈絡もない、だけど音が似てたり同音異義語だったりする言葉と聞き違えるってことがよくあって……。どんな言葉で間違えてたんだったか、もう忘れてしまったけど。あれも、いっそ、もっと幼くて、まるでわからなければ間違えようもないのに。きっと、ほんのちょっとだけど、『わかった！』と思っ

て間違えてたんだなって……」

　糸は、時の流れを一瞬で遡ったような、懐かしげな視線を宙に浮かせている。

　二葉が、突然顔を明るませて、叫ぶように言った。

「そうよ、思い出したわ！　私も、小学校の二、三年の頃、『台風一過』を『台風の家族の一家』というように勘違いしていたらしくってね。『台風一家なのに、どうして青空君もいるの？』って、母に聞いたんだって。『勘違いはおかしいけど、台風一家に青空は変って思うところは利口よねなんて、お父さんと話したんだよ』って、いつだったか母が……」

「ほら！　親だと、子どもの勘違いにも、そうやって長所を見つけられるんだからら。あなたも、もっと大らかに。今度のYのことだって、『お履物なんて昔風の日本語をちゃんと理解してたところは、現代の若者としては立派！』とか。もっと、前向きに考えて！」

　糸が、冷やかすように、どすんと二葉に肩をぶつけると、二葉は、嬉しそうに、こくりこくりと、何度も頷いている。

「ホント。勘違いってことを、『常識外れ』っていうような否定的な面だけで捉えることないよね。だって、一美の水晶玉だって、勘違いの産物なんだもの。今日は私のおごりだから、ding-dong（ディング・ドング）飲んでね」

二葉が、上機嫌で言う。

「ディング・ドング？」と、一美はメニューを見た。

「鐘の音のことを、英語では、ding-dongって言うでしょう。日本では、鐘の音は、ジャンジャンだから、ジャンジャン飲んでって意味で言ったの」

二葉が、解説するので、

「そうなんだ！　新しいドリンク名と勘違いして、私、あやうく注文するところだったわ！」

一美は、自分の勘違いがおかしくて、吹き出しそうだった。

「だって、ディング・ドングなんて、いかにも気持よく酔えそうな辛口のカクテルみたいなんだもの！」

いつもより長い時間を居酒屋で過ごして、三人は外に出た。そこからバスで帰る二葉と別れて、糸と一美は電車に乗った。糸が、横に立つ一美の耳に口を寄せて言う。

「ねえ、一美。さっきのYの話なんだけど。わかったから間違えたっていう一美の解釈は、とっても面白いなあって感心しながら聞いたのよ。まったく、そのとおりだろうと思うの。でも、もし料亭に行ったのが私たちだったら？　それでも、Yと同じことになったかしらね？　私たちだったら、もし仲居さんの言葉をYと同じように『土足のまま』と受け取ったとしてもよ。あたりの雰囲気との間に何か違和を感じて、『えっ、土足でいいの？』って聞いたりとかしたと思うの。だって、仲居さんは、足袋を履いて、そこにいるのよ。それだけで、そこがもう土足で上がるところじゃないってわかるでしょう？」

「うーん？」

一美は、首を傾げた。

「ということは、つまり、やっぱり、Yと一般の人との間には、決定的な差があるってこと？」

口調が、つい、もごもごとなっている。

「勿論、おバカい世代には、Ｙのような人も多いとは思うんだけど……」

糸が言うので、一美は、

「そうか！　私はまた、そうじゃあないって結論に、一週間もかかって、やっと到達できたと思ってたのに……。でも、そんなふうに言われると、そんな気もして来ちゃう……」

一美は、自分が、この一週間、生真面目に、いろいろ考えて来たことが、何だか急におかしくなって、「ふふっ」と吹き出した。

「ごめんなさい。でも、言わぬも腹ふくるるって感じなものだから……」

糸が、申し訳なさそうに呟きながら、自分のウエスト周りを撫で回している。

二葉のおごりだからということでもないが、今夜は、一美も糸も、つい食べ過ぎてしまっていた。

「ねえ、糸ちゃん。もう、こんな時間だけど、構わなかったら、コーヒーご馳走させて。a little more この話を続けたいの」

一美は、次の駅に最近開店したばかりのカフェを脳裏に浮かべながら、糸を誘った。

「二葉が、あんなに喜んでいるから、ちょっとあの場では言いにくかったんだけどね」

カフェに落ち着くと、糸が言った。

「私たちだったら、たとえ、仲居さんの言葉を間違って聞いたとしても、土足では上がらないだろうと、糸ちゃんは言うわけね？」

一美は、糸に念を押した。糸は、こくりと頷いて、

「でしょう？　その料亭の具体的なことはわからないけど。私たちだったら、仕切り暖簾（のれん）の向こうに下駄箱があって下足番（げそくばん）さんがいそうな感じとか、仲居さんの足袋姿とか、そういうものから無意識に『履物は脱いで上がるべし』のサインを受け取っていると思うの。だから、たとえ仲居さんに『土足で』って言われたと感じたとしても、『えっ？』とか、『ホント？』とか、確認のため一呼吸おいてか

ら実際の行動に移るんじゃない？　躊躇なく土足で上がったりは、まあ、しないと思うのね」

「でも、私たちも、つまらないことで、しょっちゅう勘違いしてるでしょう？　例えば、さっきのディング・ドングだって。私、なんか新しいドリンクの名前？　って思ったりして」

一美は、思ったままを言った。

「そうよ。でも、その勘違いは、聞いたとき、『あり得る！』って思うような勘違いじゃない？　ディング・ドングなんて、なんか本当に美味しそうな語感だもの。でも、Yの勘違いを聞いたとき、私、『あり得ない！』って、心の中で叫んでたの」

糸は、その話を、二葉から聞いた日のことを思い出したのだろう。苦笑している。

「それは、私も同じ。それを、やっと、『あり得る！』ってとこまで手繰り寄せたつもりだったんだけど……」と、一美は、すぐには、釈然とはしない。糸は、

慎重に言葉を選びながら、

「『わかったから間違えた』という、一美の説明だけでは、十分に手繰り寄せられていないと言うか、Yとの溝を埋められていないって言うか。だって、私たちだったらよ。わかってても、そんなにすぐには間違えないでしょう？『really?』って問い直してみるだけの抑止力がある」

「抑止力？」

「そうね。常識って言ってもいいけど」

「結局は、常識に逆戻りかあ……」

一美は、溜息をついた。

二葉は、Yの失態を常識外れと嘆き、糸も、Yには、いわば常識が欠如しているから、そんな失態も起きるのだと言う。

その二人の考えに掉さささないで、ともに流れたら、どんなに気楽でいいか知れない。しかし……。

「やっぱり、私、もう一息、踏ん張ってみるね」と、一美は言った。

「Yと私たちとの差を生み出している『常識』ってことを、『常識』ってひと言だけじゃなくて説明出来たら、何かもっとお互いに通じ合えるって気がするの。それに、『常識』って言葉だけでしか説明できないなんて、ちょっと、つまんない気もするし……」

一美が言うと、糸は、優しく微笑んだ。

「もち、『頑張って！』って言わせてね。でも、いま、『頑張って！』って言葉で思い出したんだけど。うちの社であったことなんだけどね。新入社員が定時に帰ろうとするんで、ある人が、『あっ、まだ仕事あるんだけど！』って言ったらね。その新入社員が、『それは大変ですね。頑張ってください！』って言って帰って行ったのよ。あんまり大真面目に、あっけらかんと言うものだから、もう、その誤解を正す気にもならなかったって、その人が。そういうその人だって、私より一歳上なだけで、その新入社員と何歳と違わないような人なんだもの。そんな人と新入社員との間にだって、もうそんな質的な落差があるのよ。Yの失態も、やはり、Yと世の中一般との落差がそのまま、そんな形で現れたというだけのことではないのかしらね？」

糸の言葉には、いつもながらの説得力があった。

vi 「言葉」は、いつも不十分？

一美はアパートに帰ると、あちこちの引出しを開けて、古くなった衣類を割いて雑巾にしたり、不用な紙類を分別したり、黙々と部屋の中を片付け始めた。結婚するということは、専門学校生の頃から住み続けたこのアパートから弘志のもとへ引っ越すことでもある。なるべく身軽にしておきたかった。

ビリビリと布が裂ける小気味のいい音が、知らず知らず、一美をまた、お笑いの世界へ誘って行く。

――また失敗したんやてなあ。今度は、何や。先輩は、お前に残業して貰おう思うたのに、お前、それに気づかんと……？

――そやけど、先輩が言うたんは、「あっ、まだ仕事あるんやけど！」やからな。そんなん、てっきり、先輩の仕事やと思うやろ。「お前に、やって貰いたい仕事あんのやけど」とか、誤解せーへん言い方なんぼでもあると思うけどなあ。みんな、俺みたいに国語強うないいんかなあ？

――それや！　わかったわ！　お前、国語いうか、言葉に頼り過ぎや！

――そんなん言われても、どうしたらええか、わからんわ。言葉なかったら、ものも言えん。

――それは、そうやけどな。言葉で何でも言い切れてる思うたら大間違いや！ああ、そうや。いま、テレビで気象情報やっとるやろ。「明日は、気圧の谷の影響により、ぐずついた天気になりそうです」って、お天気お姉さんが言ったなあ。

――そうや。

――そんなら聞くけど、「気圧の谷」って、何や？

――気圧の谷いうたら、何やろなあ？　気圧いうたら、高気圧と低気圧しかないと思うとったのに！　いつの間に谷ができとったんやろか？

――自分のこと国語強いと思うとったらしいけど、これでもう、気象情報も碌に聞いとらん愚か者やと、自分のことわかったやろ？

――うん、わかった。そんで、気圧の谷いうたら、何よ？

――それがわかるくらいやったら、俺もとっくに、気象予報士になっとるわ。俺が言いたいんは、それじゃあのうて。ええか。「気圧の谷」いうことは、気象情報では、もうわかったことにして、そこまでは説明してくれんけど、お前、いままで文句言うたことなかったやろ。それを言いたかったんや。それやのに、料亭の仲居さんや会社の先輩にだけ、ちゃんと言うてないいうて、文句言うのおかしいわ。言葉いうんは、もともと、全部、説明できるようには、できてえへんのよ。

――そうやろか？

――そうやろう？「履物」いう言葉一つ取っても、それでお前が思い浮かべるんは、お前の汚いボロ靴や。そやけど、それでハイヒール思い浮かべる人も、草履思い浮かべる人も、長靴思い浮かべる人もおるわけや。みんなが裸足（はだし）で暮らしとったような昔なら、「履物」いう言葉もなかったやろし。

――そらそうや。履物がなかったら、「履物」いう言葉もいらんわなあ。

――日本で最初の履物は、弥生時代の「田下駄（たげた）」やったと言われとるらしいんやけどな。泥田の中で作業するのに、足が沈みこんだり抜けんなったりせんようにやろうけど。

――その頃の人は、田下駄をどこで脱いどったんやろなあ？　田んぼの縁（へり）やろか？

――お前、結構、履物脱ぐ場所に、魘（うな）されとるな。その頃の田下駄は、鍬（くわ）やなんかと同じ農具やろうから、田んぼを出たら脱いで、川で一緒に洗うたりしてたと思うけど……。ちょっと待った！　お前、もしかしたら、もしかするぞ！　他（ほか）のみんなは田んぼの外では脱ぐ田下駄を、お前のようなおっちょこちょいが、履いたまま家、まあ竪穴（たてあな）住居やろうけどな。そこまで履いて帰っているうちに、「これ、ええわ！」とかなって、道歩き用の下駄が発明されたんかも知れんもんなあ。もし、そうやったら、お前は、弥生時代の発明の恩人や。もしかしたら、常人（じょうじん）では考えつかんような知恵を授けに来た……。

――やっぱ、宇宙人や！

vii　人は間違いを犯すもの？

思いがけず、代理の東京研修とかで、弘志が上京して来た。研修は金曜日で終わり、土日は休みとあって、弘志は、金曜日の夜から一美のアパートで過ごしている。

外でのデートとは異なり、こうして一間の部屋でも、生活臭のある部屋の中にいると、どこかで長年連れ添った夫婦のような気分になるらしい。弘志は、一美のところに置いてある部屋着に着替えて、湯飲みを置いた小さい座卓を抱えるように座って、テレビのニュースを見ている。

一美は、ふと思いついて、チラシの裏に片仮名（かたかな）で「サンカ」と書くと、弘志の前に置いた。予期したとおり、弘志は、ちらっとチラシに視線を送っただけで、そのままテレビを見続けている。

「ねえ、ヒロシ！」

一美は、弘志に言った。

「このサンカっていう言葉で思い出す言葉、ここに書いて貰ってもいい？」

「うん？」

弘志は、怪訝そうに、ちらっと一美を見たが、その理由を聞くような面倒臭いことをするくらいなら、言われたとおりのことをした方が楽とばかり、「参加」と書くと、またテレビに顔を向けた。

「申し訳ないけど、あと幾つか書いてくれない」

「ああ……」

弘志は、天井を睨んで瞬時考えると、「傘下、酸化、三課、賛歌、産科」と、すらすらと書いてから、付け足しのように「3か？」と書いて、自分の思いつきに満足したように、くすくす笑っている。

「ついでに、シカもやっとくか」

興に乗ったのか、弘志は、そう呟くと、「歯科、市価、紙価、史家、鹿、4

か？　詩か？　死か？」と、すらすらと書いて行く。

「びっくり！　そんなにすらすら思い出せるなんて！」

一美は、幾分の尊敬も込めて弘志を見た。弘志は当たり前の顔つきで、

「なあに。研修で、こんなこともやっているから。同じ音でも人によってイメージする言葉が違う。日本語には、同音異義語が山のようにある。それを誰もが、つい自分がイメージした意味の言葉を相手も言ったと思ってしまう。だから勘違いも起こるってことの体験学習で。うちは、ちょっとした言い間違い、聞き間違いが事故に直結しかねない工場だからね。言葉は曖昧なもの、聞き違えるもの、人は間違いを犯すものという、いわば性悪説を前提にして、いろいろと訓練してるってわけさ」

「ふーん。そうなんだ！」

弘志の職場の厳しさが、しみじみと伝わってくる。

「お互いに喋らないで、みんなで一つの図形を完成させるなんていうのもやったことあるよ。例えばａのピースを、部分だけを考えると、いかにもある場所に置

いてよさそうなんだけど、全体として考えると他に置かなきゃならないというようにうまく課題が作ってあって。それを黙って、それぞれが、自分が、ここだろうと思う場所に置いていると、いつまでたっても図形が完成しない。そこで、やっと、頭の柔らかい奴が気づいて、『あなたのピース、こっち』と、ジェスチャーで指示したりするんだけど、指示された方は、自分はここと思い込んでいるもんだから、なかなかピースを動かさなかったりして。まあ、そんな作業を通じて、何てことないような思い込みや勘違いも、一度してしまうと結構根強くて、修正が難しいってことなんかも学ぶんだけど……。俺は、ジェスチャーが苦手でさあ」

　鼻の頭に汗を浮かべて、「このピース、ここ、OK?」などとジェスチャーをしている弘志の姿が眼に浮かんで来て、一美は微笑んだ。

　Yの失態についての弘志の感想を聞きたくて、そのきっかけとして、一美は、ふと思いついた同音異義語ゲームとも言えるものをしてみたのだが、話題があまりに自分の願った方に進んだのをいいことに、Yの話を持ち出してみることにした。

「なるほど。そんな間違いは工場じゃあ、まず起こらないね。『土足厳禁』って、そこらじゅうに大書するだろうし、下駄箱には靴底の形まで描いて、靴の置き方まで細かく指定したりするだろうし……。しかし、何だねえ。Yも、勿体ないねえ。老舗の料亭なら、玄関前の庭もさぞかし瀟洒に設えてあるだろうに。碌に見もしないで、玄関上がっちゃったんだろうね……」

弘志は、弘志なりに、Yの失態に対し、また違った感想を持ったことが、一美には興味深いし、愉しい。

「庭ねえ」

一美は、溜息をついた。庭のことなど、一美は思ってもみなかったからだ。

「そうだよ。老舗料亭の愉しみは、料理だけじゃないからねえ。この間の温泉旅館だって、やっぱり玄関前の庭は素晴しかったね。松を見事な鶴の形に設えていて……」

「そうだったんだ！」

一美が呟くと、弘志は、呆れたように一美を見て、

「何だ！　気づいてなかったんだ！　カズミって、存外、雑把（ざっぱ）なんだね」と、笑っている。

藪（やぶ）を突（つつ）いて蛇を出すような展開になってしまったが、やはり弘志に話してよかったと、一美は思った。

Ｙの失態について、料亭の庭など他のことに注意が向いたのは初めてだった。もしかしたら、そんなところに、糸が言っていた「抑止力」のヒントもあるのかも知れない。

「そう言えば、何か、それに関連したようなことを書いた本があったような……」

一美は考えてみたが、すぐには思い出せない。

「何だっけ？」

「ねえ、カズミ」

弘志が、何を思い出したか、笑いで弾けそうな顔を、一美に向けていた。

「勘違いって、面白いよね。今のカズミの話で、俺も思い出したことがあるんだ。いまの工場に配属になってすぐのことなんだけどね。係長が、新入りの俺ともう一人同僚を飲みに誘ってくれたんだ。ポケットマネーでご馳走するって言ってくれてね。それが、なかなか洒落（しゃれ）た店で、お通しに干アワビが出たんだよ。するとね、その同僚が、『美味しい、美味しい』って言いながら食っててね。そして言ったんだ。『こんな美味しいシナチク、生まれて初めてです！』って」

一美は、吹き出した。

「ぷふっ。確かに、干アワビって、シナチクに似てるかも」

「それを聞いて、俺は固まってしまったってわけさ。シナチクと思われたんじゃあ、係長もご馳走しがいがないだろうとか、先に俺が『この干アワビ美味しいですね』とか言っとけばよかったかとか、同僚の勘違いをここで正せば、同僚が恥ずかしがって、これからのせっかくの料理と酒を心ゆくまで味わえないだろうとか、いろんな思いが一挙に押し寄せて来ちゃってね。とっさに、どうすべきかがわからなかったんだ。それで、恐る恐る係長の顔を見たら、なんと、係長が笑ってるんだ。それもね。馬鹿にして笑っているとか、苦笑してるとかっていうんじゃなくてね。実に楽しそうに嬉しそうに笑っていたんだよ」

「そうなんだ！」

「世の中には、通ぶって、蘊蓄（うんちく）を並べ立てる奴は、山ほどいる。そんな中で、干アワビをシナチクと勘違いして、無心に美味しがって食べている。そんな同僚の姿が、係長には、何とも爽やかに快く感じられたんじゃないのかなあ。だから……」

「ああ、そうか！」

一美は、頷いた。

「Yの場合も、一緒に料亭に行った人たちが笑ったとしても、それは、馬鹿にして笑ったんじゃないかも知れないというわけね。みんなは、突拍子（とっぴょうし）もない勘違いをしたYの若さを楽しんでいたのかも知れないって」

「まあ、そういうことさ」

「なるほどねえ」

Yの同行者たちが馬鹿にしてではなく、楽しくって笑ったのだとすれば、Yの失態は、ますます悩むような問題ではないということになってくる。

ⅷ　ここではきものを脱いでください

いつもの居酒屋で、二葉、糸、一美の三人で落ち合って、注文を終えると、二葉が、意外なことを口にした。

「この間、Yのことで、Yの失態は、untimelyだっただけで、Yは、それほど常識外れな人間ではないって、一美に言って貰って。そう思い始めたら、お陰さまで、頭の中いっぱいに掛かっていた霧が晴れたようにすっきりしてね。そしたら思い出したの。ほら、読点の打ち方一つで、『ここで、履物を脱いでください』になったり、『ここでは、着物を脱いでください』になったりするっていう、あの有名な文。あの勘違いって、実際にあった話なんだって、いつか祖母が言っていたような……」

「そうなんだ。てっきり、トンチ話のネタか、国語の専門家が作り上げた標本文

みたいなものかと思ってたわ！」と、糸は切れ長の目を、真ん丸く見開いて、

「だって、履物を脱ぐべき場所で、誰かが着物を脱ぐなんてこと、やっぱり、ちょっと想像しにくくない？　履物を脱ぐのは、外と内の境で、着物を脱ぐのは、内のうちでも相当プライベートな空間、いわば奥というような場所でしょう。外も同様の場所と奥とでは、その差があまりに大きすぎるんじゃない？」と、一美と二葉の顔を、同意を得たそうに見ている。

「うん、でもね」と、二葉は笑って、

「もしかしたらと思って調べてみたら、ネット情報だけど、大正十二年十二月二十六日に『時事新報』という新聞で報道されたって書いてあったの」

「大正十二年十二月二十六日？」

一美は、小首を傾げた。

「そうなの。読むね」

二葉は、携帯に取り込んであったその記事を開くと、目を細めて読み始めた。

ある日、慶用寺のお祭りにたくさん人がまゐりました。そして、廊下を通って、庭の前まで出ますと、柱に、「このさきはきもの無用（ママ）」と書いてありました。人々はそれを読みちがへて「このさきは、きもの無用」と読んで、男も女も、着物を、ぬいで行きました。

「あり得ない！　そんな勘違い、普通の人がする！」

糸は、呆然と呟いている。糸には、なかなかに信じがたいような事態なのだろう。

「やはり、タイミングなんじゃない？　『廊下を通って』ってあるから、そのときには参拝者たちは、他（ほか）でもう履物を脱いでいる。だから、『履物』ではなくて『着物』ではないかと勘違いしやすい土台がある。その上、何のお祭りかはわからないけど、『お祭り』という特別な日なので、特異な指示にも宗教的な意義づけをしやすい心理状態にあった。そこで誰か一人が勘違いすると、群集心理が働いて、我も我もと、みんなで疑いもせず脱いでしまうというか……」

　一美が、感じたままを言うと、

「さすが、一美！　頭の中の水晶玉が、一瞬にして、そんな情景を映し出してくれるんだ！」と、糸が、感じ入ったというように、一美を見ている。

「私の頭の中の水晶玉なんて、当たるも八卦、当たらぬも八卦程度のいい加減なものだから……」

　一美は、照れた。

「でもねえ。お寺で着物を脱ぐのと、Yのように、土足で料亭に上がるのを比べたら、土足で料亭に上がる方が、勘違いの程度は軽いよね」と、二葉は笑っている。

「Yの勘違いの程度が軽くなれば、それに比例して、二葉の気持も軽くなるってわけね」

　一美が、揶揄(からか)うと、

「そうよ。ついでに、糸ちゃんみたいに体重も軽くなってくれるといいんだけど……」と、ふざけている。

「駄目！　私は体重は軽いかも知れないけど、いま、心は重いわよ！　この前、ここからの帰りに、私、一美に、私たちだったら、もし聞き間違えたとしても、常識という抑止力が働いて、Ｙのような失態はしないんじゃないかって言っちゃったのよ。でも、そのお寺で着物脱いだ人たちって、いわゆる善男善女。常識は、現代の私たち以上にある人たちでしょうからね」

「ふふふっ。ますますＹが、並外れた非常識とは思えなくなって来た！」

二葉は、嬉しくて堪らないように、にたにたしている。

「はいはい。それではＹにつきましては、一件落着ということで……」

糸は、そう纏めたが、これで終わりにするには、いくぶん名残惜しい思いが誰の心にもありそうだった。

たかが勘違い。されど、何気なく覗いた「勘違い劇場」では、思いがけず人間存在の本質に迫るような内容の濃いドラマが上演されていそうだったからだ。

「一件落着と言った私が、こんなことを言うのも何だけど。『聞き間違い』とか『勘違い』というようなアンテナ張って、この世の中を見回していると、いろいろ興味深いことがあるね」と、糸が、しみじみと言う。

「例えば？」と、一美は聞いた。

「うん。例えば、私が参加している環境保護ボランティアであったことなんだけど。明日は荒天という天気予報が出たので屋外作業中止っていう連絡が回って来たのね。それで中止だからと、私は、他の予定を入れたんだけど、翌朝カラッと晴れちゃって。結局、屋外作業もあったし、それにもし屋外作業がなかったとしても、屋内ミーティングは最初からある予定だったって言われてしまって。『だから』『ので』『ゆえに』なんて、いわば『鎖言葉』があると、その前後の文が熱愛中の恋人同士みたいにがっちり組み合わされているように見えるけど、実は、片方の恋人は、二股、三股掛けてました的な……」

その糸の言葉を受けて、一美は言った。

「その『鎖言葉』の前後が、実は、ホップ、ステップ、ジャンプくらい飛躍していることもあるってことが、私も最近気になってたのね。ほら、天気予報。天気予報では、よく、『明日は高気圧に覆われます。だから、晴天に恵まれるでしょう』なんて言ってるでしょう。でも、高気圧だと、どういうメカニズムで晴天になり、低気圧だと、どういうメカニズムで天気が崩れるのかってことは言っていない。そこにはきっと『風が吹けば桶屋が儲かる』的な何段階もの理由の連鎖があるはずなんだけど、日常的には、もう当たり前のこととして省略している」

「気圧の谷」を知らないと気づいて以来、一美は、そのことが、ちょっと気になっていた。

「当たり前ってことで言えば、人って、自分で当たり前って思っていることほど、口に出して言わないんじゃない？　Yのことでも、仲居さんにしてみれば、玄関で靴を脱ぐのは、あまりに当たり前だから、改めてexpress（表明）しなかった。でも、もし誰かの『当たり前』が、その家族にとっても『当たり前』なら、夫婦quarrel（喧嘩）も、親子quarrel（喧嘩）も起こらないはずでしょう？　もし誰かの『当たり前』が、職場の人みんなにとっても『当たり前』なら、上司が、『最近の新入社員は……』とぼやくようなこともないはずだし、部下が、『うちの上司は……』なんて嘆くこともないはずでしょう？」と、二葉にしては、珍しく、緻密な論を展開している。

「ったくね！　他の人から見れば、必ずしも当たり前じゃない、つまり『100%までは正しくない知識』が、その人には当たり前、つまり『100%正しい知識』としか思えないわけだから、当たり前って、存外怖いかも。もし、自分が何かを『当たり前！』と思うことがあったら、それは、即、どこかで『アタリメ〜！』状態になっているんじゃないかって、自身を疑ってみた方がいいのかもね」と、一美が言うと、

「アタリメ〜？　アタリメって、スルメのことだっけ？『スル』のは嫌だから『アタリ』？」と、糸が、小首を傾げている。

一美は、苦笑して、

「思考停止状態。アタリメのように乾燥して、頭カチコチ」と、説明すると、

「なるほど。『当たり前！』は『アタリメ〜！』ね。『頭、固くなってない、私？』って自身を疑えと言うのね。でも、実際には、それって、『言うは易く行うは難し』よね。自身を疑うより、人を疑う方が、段違いに楽だもの」と、糸は

言う。

「段違い平行棒？　uneven parallel bars!　みんなが自分の当たり前に拘れば、どこまで行っても平行線！　ってことね」と、二葉は二葉なりに、視覚的にイメージしているらしかった。

「自分の思い込みを疑い、言葉を疑ってみると、よく、こんな曖昧模糊とした言語世界の中で、ここまで大過なく過ごして来られたもんだと思うしかないわね」

糸が、しみじみと言っている。

「つたく！　毎日を、何となくわかった気になって生きている」

一美も、同意した。

「待って！　いま、一美が言った、『何となくわかった気になって生きている』っていうのは、自分に対する反省としてあるんだけど。だけど、世の中の方だって、『何となくわかった気にさせる』もので満ち満ちているよね。私、実は最近、そのこと、とっても強く感じてたものだから……」

糸は、そう言うと、バッグの中から二冊の本を取り出した。

ix　何となくわかった気に、させられてない？

糸が取り出したのは、以前、一美が読んでいるのを見て、「自分も読んでみたいから」と、一美から借りて行っていた本だった。一冊は、阿川佐和子著『聞く力』。ベストセラーになったこともあって、二葉もタイトルは知っていたらしく、興味深そうに手に取ってページを捲(めく)っている。

もう一冊は、永江朗(ながえあきら)という著者の『聞き上手は一日にしてならず』。ともにインタビュー関連の本を一美が読んでいたのは、一美が聞き書きボランティアの活動に参加しているからだ。

弘志が就職するまでは毎週ともに過ごせた休日に、ふいに一人になったとき、その空隙(くうげき)を埋めるものとして、一美は、聞き書きという活動を選んだのだった。海外移民や戦争、戦前・戦後の暮しなど、庶民の生きた証(あかし)を後世に残すため、ほとんどが八十歳台、九十歳台の古老たちの話を書き留めている。

糸は、二葉の手の中の本と一美とに、等分に視線を送りながら、

「前に一美から借りた本なんだけどね。その本のタイトルは『聞く力』、サブタイトルは『心をひらく35のヒント』となっていて、相手が心を開いて、その人らしい魅力的な話をしてくれるようになるヒント35個を知って、読者自身の聞く力向上に役立ててねっていう体裁の本になっているでしょう？」と言うと、二葉は、目次のページを開いて、

「うん、そうだね。目次も1から35まで、きちっと35個並んでるね」と、頷いている。糸は、微笑んで、

「その本は三部に分かれていて、普通、そんなふうに分かれていると、見出しは、各部ごとに1から繰り返されるんだけど、その本では、部という単位を越えて、見出しが1から35まで、ずらっと続いているでしょう？　それだけ35個のヒントってことが強調されてるってわけね」と説明すると、二葉は、糸の精緻な観察に「Wow!」と肩をすくめた。

「で、そのヒントっていうのが……、『自分の話を聞いてほしくない人はいない』か。うーん、なかなか意味deepな、いいヒントって感じね。それから、『観察を生かす』『相づちの極意』。うーん、なるほど」

そこに書かれているヒントの見出しに納得がいくらしく、二葉は、こくりこくり頷いている。

「実は阿川も『まえがき』で、『何か一つでもヒントを見出すことができたなら、それで十分ではないのかい？』って書いていて。だから、二葉のように、自分に役立つヒントを何個か見出せればそれで十分って考え方もあるとは思うんだけどね。私のように几帳面な性分だと、サブタイトルに『35のヒント』とあるんだから、本文でも、きっちり35個のヒントを書いていてよって、気になってしまって」と、糸は、口を尖らせている。

「えっ？　あるでしょう、35個」

二葉は、心底驚いたらしく、目次を見直している。

「だったら、どうかしら？　一番目の『インタビューは苦手』っていうのも、ヒント？」

糸が聞くと、二葉は、一瞬唸った後、にっと笑って、

「でしょう？　だって、インタビューが得意なような人は、この本を読む必要もないわけだから。インタビューなんて苦手って思っている人ほど、諦めないで、この本を読んで、聞き上手になってねっていうヒントなんじゃないの？」

自分の答えに満足なのだろう。なおも、にたにたと笑っている。糸は、笑って、

「そうね。当たらずと雖（いえど）も遠からずで、それも立派なヒントとして、次の『面白そうに聞く』。これは紛れもなく大切なヒントよね。でも、三番目の『メールと会話は違う』になると、その見出し自体は、メールの会話と実際の会話を比較して、実際の会話を推奨（すいしょう）するというヒントではあるんだけど。実は、そのヒントのところで、その本は、興味深い間違いと言うか、整理不足をしてしまっているの」と、言うと、

「整理不足？」

二葉が、きょとんとした顔を、糸に向けている。糸は、頷いて、

「そうなの。その『メールと会話は違う』では、そのテーマについて書かれているのは全体の三分の一程度。その上、その話に続いて、『なんの話をしていたんでしたっけ。あ、そうだ。日常生活における〝インタビュー〟の話でした』っていう文章があったりとかね」

「そうそう」

それで思い出して、一美は、相づちを打った。

「そこは、私も変に思ったところよ。あれ！　ってことは、見出しの『メール』は、脇道だったのって！」

「でしょう？　それでね。本筋の『話』を前に戻って確認してみると、そこには、こんなふうに書いてあるのね」

糸は、二葉から本を受け取ると、そのページを開いて、読み上げた。


職場で上司や部下と会議をするとき、仕事帰りに居酒屋で同僚の愚痴を聞くとき、……家に帰って家族の悩みごとを聞くとき、奥さんのお喋りに応えるとき、……新しい友達を作るとき、好きな人にアタックするとき……など、人間はあらゆる場面でインタビューをしなければならない。つまり人は生きている限り、誰しもが、『インタビュー』に始まって『インタビュー』に終わると言っても過言ではないのです。

「こんなふうに、人生におけるインタビューの不可欠性を力説してるってわけ。そして、メールの話から、本筋の日常生活におけるインタビューの話に戻った阿川は、今度は、若い頃にたくさんした自身の見合い体験、初対面会話体験について述べて、見合いの目的は結果的には達成されなかったけど、その経験がいまに生きている。『合コンこそ、インタビューの絶好の訓練場』と、合コン参加を推奨するの」

糸が、その箇所について詳述すると、

「ふーん。そうなんだ。headlineは、『メールと会話は違う』で、本文の本筋は、『人生におけるインタビューの不可欠性』で、具体的行動指針は、『合コン参加推奨』というわけね。確かに整理不足かも」と、二葉は、すっかり感心して聞いている。

「そう。だから、この三番目のヒントの失敗の一つは、見出しを、本文では脇道でしかない『メールと会話は違う』にしてしまったことだと、私は思うのね。ここでの本筋は、人生におけるインタビューの不可欠性なのだから、それを表現するような見出し、例えば、『人生いつもインタビュー』というようなものにしていれば、ここのところの混乱は避けられたし、合コンも、人生という長いスパンの中に位置づけられただろうと思うの」

「ふんふん」と、二葉は頷いている。

「でもね。それなら、三番目のヒントの見出しを、『人生いつもインタビュー』のように変えればいいかというと、それはそれで、また別の問題が生じるのね。『人生いつもインタビュー』という見出しと他の見出しでは、どう言えばいいのかなあ？　ディメンションが違うっていうように言うらしいんだけど……」と、糸は、言い悩んでいる。

「dimension?」

さすが、二葉の発音は、本格的だ。

「そう。例えば、リンゴ、柿、果物、梨、ビワっていうように並んでいると、『果物』と他の言葉では次元が違う。『果物』は、リンゴ、柿など、個別の果物名より上位の言葉だから並べるのはおかしいって、すぐに気づくでしょう。だけど、『面白そうに聞く』『〝あれ？〟と思ったことを聞く』『人生いつもインタビュー』『質問の柱は三本』というように並んでいると、どんな感じ。ちょっとディメンションの違いを読み取るのは難しいでしょう？」

「うん。でも、大丈夫。『人生いつもインタビュー』が、インタビューの仕方を具体的に言っている他(ほか)のに比べて上位の言葉ってことは、私にもわかるから」

二葉が、言うと、

「よかった！　二葉にわかって貰えるなら……」

糸は、ほっとしたように、二葉を見た。二葉は、すかさず、

「私がわかれば、もう日本人なら誰でもわかるって？」と、にやりと笑いながら

突っ込んでいる。糸は、苦笑しながら、手を振って、

「おっと！　この本を読んでいない人ってことよ。読んでなくてもわかるなら、読んだ一美は、もっとよくわかってくれるだろうとは思うけど……」

「つたくねえ！」

一美は、頷いた。

「その本、どこか落着きが悪いという気がしなくもなかったんだけど。いま、糸ちゃんの解説聞いていて腑に落ちたかも。なるほどね。整理不足ね」

一美が言うと、糸は、嬉しそうに微笑んで、

「でね。先のディメンションの違いってことは、阿川自身も、漠然とではあっても感じていただろうと思うのはね。実は、『人生いつもインタビュー』に類する文章が、すでに『まえがき』にあるのよ」

糸は、細い眉を顰めている。

「そうだったっけ！　気づかなかった！」

一美が、驚いた声を上げると、

「ついでだから、その『まえがき』も読ませてね」

そう言って、糸は、その部分を、また読み上げた。


「聞く」という作業は、何も私のように生業にしなくとも、誰もが一日に何度となく、まるで呼吸をするごとく、自然に行っていることだと思います。道を聞く。値段を聞く。講義を聴く。お喋りを聞く。愚痴を聞く。自慢話を聞く。いい加減に聞く。熱心に聞く。迷惑そうに聞く……。


「ね。こんなふうに、阿川は書いているってわけよ」

「つまり、糸ちゃんとしては、阿川が三番目のヒントで最も伝えたかったことは、先に『まえがき』に、纏めて書いておくべきことだったと言うわけね」

一美が聞くと、

「正解！」と、糸は、五線譜の上を小槌(こづち)で叩くように、空中に手を動かして、

「だから、三番目のヒントは、見出しの付け方も間違っているけど、それを、上

位の位置にある『まえがき』ではなく、ヒントの一つとしたことも間違っている。二重に間違っているというのが、私の結論」と、糸は、締めくくった。

「何度も推敲し、an editor（編集者）とか a chief editor（編集長）とかのチェックも入っている『本』でも、それくらい整理の行き届かないことがあるんだ！　だったら、推敲しにくい『話』では、なおのこと、結構、支離滅裂なことが話されている可能性もあるってことでしょうね」

二葉が、しみじみと言う。

「それでも、その場の雰囲気に流されて、何となくわかった気にさせられている。この『聞く力』にしても、日常会話とインタビューは同じってことばかり言うんだけど。だけど、どう、一美。あなたは、聞き書きボランティアで、インタビューもよく経験していると思うけど、インタビューと日常会話って、ほんとうに同じ？」

「うーん？」

糸に聞かれて、一美は唸った。

「そうねえ。例えば、インタビューだと、二時間とか三時間とか、ともかく事前にお願いした時間内に収めなきゃならないし……。日常会話では、自分が聞きたいことだけを聞けばいいけど、インタビューでは、どうしても、後で文章化するときのこととか、聞き書きを読んでくださる読者のことも念頭に置いて聞かなきゃならないとか……」

一美が言うと、

「それにね。一美から借りたもう一冊の本を読んでみてわかったんだけどね」と、糸は、もう一冊の本を手に取ると、さも重大な秘密を口にするかのように声を潜めた。

「日常会話とインタビューとの最大の違い。それはね、インタビューでは、事前に準備をするってことなのよ！」

「そう。それは、するわ！」

一美は、聞き書きボランティアをしている自分が、そんなことにも気づかなかったことに驚いて、苦笑した。先ほどからの話ではないが、インタビュアーには、あまりに「当たり前」のことだからだろうか。

「日常会話では、確かにpreparation（準備）なんてしないものねえ」と、二葉。

「でしょう？　で、そう思う二葉に質問。この『聞き上手は一日にしてならず』って、こっちの本で、プロのインタビュアーは、準備にどのくらい時間をかけているって書いてあるでしょうか？」

「そうねえ。一時間のインタビューだったら、二時間、三時間？　何か、二、三倍のpreparationはしていそう。だけど、タレントのような人のインタビューだと、実際にはスタッフがあらまし準備をして、本人は事前にちょこちょこと要点だけ聞いてその場に臨んでいるのかも……」

　二葉が答えると、

「正解を言うね。これは、永江朗（ながえあきら）が、名インタビュアーの評判高い黒柳徹子、田原総一郎など六名、また心理療法家や建築家や刑事など、普通にはインタビュアーと見做されないけど、聞くことの名人四名にインタビューして纏めた本だけどね。この本で最も目を引くのは、プロのインタビュアーの凄（すさ）まじいまでの事前準備なの。例えば、黒柳の場合だと、ディレクターが十四名くらいいて、それぞれがゲストと打ち合わせた後、黒柳と打ち合わせるんだけど、その打合せが九時間！」

「はあ、九時間？　だって、あの『徹子の部屋』の話でしょう？　あの放映時間は、確か三十分くらいだったような……」

「そうなのね。そのへんのことが、『打合せは九時間、収録はノーカット一本勝負！』という見出しで書かれているの」

糸は、そう言うと、そこのところを開いて、活字を眼で追いながら、

「ディレクターは、まず、本、雑誌、新聞など、あらゆるものからインタビューされる人、つまりインタビューイに関する資料を集めるわけね。それから、インタビューイにも会って話を聞いて。黒柳自身も、インタビューイが作家だったりすると、その作家の処女作、賞をとった代表的な作品、それから最近のものなど、最低でも三冊くらいは読むって具合で」と、内容を要約すると、

「それだと、打合せ九時間以上に、準備に時間がかかるわねえ」と、二葉は溜息

をついている。

「黒柳とは感じが違うけど、田原の準備も凄(すご)いのよ。ついでだから言っとく？」

糸は、二葉が頷くのを確かめて、また、そこを開いて要約した。

「田原の場合もね。まずは、やはりスタッフが資料を集めるの。例えば、自衛隊のイラク派兵がテーマだったら、国会でどういう論議があったか、どういうことが決まったか、何が問題か、イラクがどうなっているのか、どこでどういうテロ活動が起きていて、いつ頃からテロ活動が活発になっているか、それらすべてのデータをスタッフに集めて貰って、田原は、それを全部読むのね。読んだ上で、『いま何が問題なのか』を、自分で考える。それでもってって言うか、そうだけれどもって言うか、それはその場次第ってことで、『本番は、その場で出てきたことをやる』って言ってるの」

「そうなんだ。黒柳も田原も凄(すさ)まじい準備をしてるね。あっ！　でも、阿川は、サボって、準備をしない。だから、糸ちゃんは、阿川に批判的なんだ！」と、二葉は、やっとわかったというような声を上げた。

「えっ、待って！　阿川も、ちゃんと準備をしてるよ。ええっと、どこだっけ？」

前に、この本を読んでいる一美には、それを読んだ記憶があった。

それで、『聞く力』を手に取ると、そのページを探し出して、声に出して読んだ。

週刊文春の連載の場合、対談相手の資料は担当編集者が厳選して集めてくれます。その人が過去にさまざまな雑誌や新聞で受けたインタビュー記事を始め、小説家の場合はその著作、俳優ならば出演作品のＤＶＤや、ときには芝居や試写会に出かけることもあります。あまりにもゲストの資料が多いときは、担当者が一生懸命、選び抜いて、大事な資料だけを届けてくれるのですが、それでも膨大になることが多々あります。

「それに、この本の第二部。ヒント番号で言えば、12から20は、一般の人の『聞く力』向上へのヒントでもあるんだろうけど、阿川のインタビュアーとしての仕事の実際？　実際のインタビューって場に関わっている様々なスタッフ、例えば構成ライター、担当編集者、カメラマン。それから、インタビューイ側のマネージャーや広報担当者などのことも書かれていて。それだけに、例えば、スタッフとの打合せとか、事前準備についても結構触れられていたような気が……」

一美が言うと、二葉は、「ふう」と溜息をついて、

「そうなんだ。プロのインタビュアーの準備って、みんな凄まじいんだ！

それに、インタビュアーやインタビューイの周囲に、それだけ関係者がいるってことだと、糸ちゃんの言うとおり、日常会話とインタビューを一緒にしていいかどうかっていうのは、確かに疑問ね」と、ぼうっと二人の顔を眺めている。

「私たち聞き書きボランティアは、日常会話とプロのインタビュアーの間くらいのことしてるのかなあ？　インタビュー時間は決めて行くけど、わからなかったことは、後で電話して聞き直すなんて、ゆる〜いこともしているし。でも、『ラバウル』とか『近衛歩兵第四連隊』なんて言葉の意味もわからないようじゃあ話

を聞くこともできないから、手製の地図を作ったり、その頃のことを書いた歴史書をみんなで読んで勉強したりなどの準備は、やっぱりするとかね」と、一美が言うと、

「でしょう？　それなのに、インタビュアーにとって何より大切なその事前準備を、阿川は、他のヒントのところで、ついでのように述べているだけなのね」と、糸。二葉は、うんうんと頷いて、

「でも阿川って言うか、この本の編集者かも知れないけど……が、インタビューと日常会話が同じってことを強調したり、事前準備のもの凄さや、インタビューを取り囲むスタッフのことに、最初はあまり目が行かないようにしたっていうのもわかるような気がするよね。だって、『まえがき』で、インタビューと日常会話の違いを言い立てたりしたら、読者は、それじゃあ自分には役立たないかもってなってしまう。あっ、だから、阿川って言うか、編集者は、まず、『まえがき』で、同じってことを強調したんだ。すると、後になって違う事実が出て来ても、読者は、最初に思い込んだ『同じ』目線で読むから、ちょっと、そこに気づきに

くい？」と、二葉。

一美は、糸と二葉の話を、つくづく感心しながら聞いていた。一美自身が、ボランティアではあってもインタビュー経験があるため、インタビューとも日常会話とも区別しないで読んだのだったが、考えてみれば、「日常会話とインタビューは確かに違う」と、思ったとたん、糸が、また、思いがけないことを口にした。

「インタビューってことや、日常会話ってことに、あと一歩踏み込んで整理していれば、日常会話とインタビューは同じって言っても構わなかったし、実際、インタビューと日常会話は同じなのにね」

「はあ？」

一美と二葉は、あんぐりと口を開けた。

「ちょっと！　いまの糸ちゃんの発言、Come back!　だって、いまさっき、日常会話とインタビューは違うって、糸ちゃん、言ったばかりなんだよ」

二葉は、頬っぺをふくらしている。糸は、微笑んで、

「実はね。一美からこの二冊の本を借りて、読み比べてみて、よくわかったんだけどね。インタビューや日常会話を、一括りに考えてしまうからわかりにくくなるんであって、幹と枝葉で出来上がっている一本の木に譬えるといいんだって気がついたの。すると、インタビューの幹は、何と言っても『事前準備』。その幹があって、初めて枝葉も支えられるってわけね。そして、その枝葉について、黒柳は『ノーカット一本勝負!』、田原は『その場で出てきたことをやる』としか語ってないのに、阿川は、そこを詳細に述べているってことなのよ」

「つまり、阿川が述べているのは枝葉だけだと、糸ちゃんは言いたいのね?」と、二葉が聞くと、糸は二人の顔を交互に眺めながら、

「枝葉だけということを非難しているんじゃないのよ。枝葉に関しては、丁寧に詳細に、有名人の裏話てんこ盛りで楽しく記述してあるんだから……。だから、そうじゃあなくて、『聞く力』に書いてあるヒントは、つまりは枝葉なんだということがわかるように書かれてないってことに文句を言いたいのね。日常会話の幹を既にしっかり持っている人や、一美のように実際にインタビューをしている

ような人には、『聞く力』は役立つだろうけど、日常会話の幹自体を育てたいと思って読んだ人には、どうだったのかしらね？　もっとも、生物学的には、枝葉、特に葉があってこそ光合成で幹も育つんだから、枝葉だけでも構わないのかも知れないんだけど……」

環境ボランティアをしていて、植物に詳しい糸は、困ったように、両手で頬を押さえている。

「その本を読んで、『期待外れ！』って感じたような人には、返し縫いの糸ちゃんの分析は、緻密かつ適切で、快刀乱麻の爽快感があるでしょうね」

一美は、『聞く力』を読んだという知合いの誰彼を思い出しながら言った。

「私も、読んでみようっと。で、読む前に聞いておきたいんだけど。インタビューのような事前準備ができない日常会話では、結局、幹は育てられないってわけでしょう？　だから、阿川も、枝葉のことばかり書くしかなかったんだと。そう思って読んでいいのね？」と、二葉が聞く。

「ところがね。この永江朗の『聞き上手は一日にしてならず』の中に、日常会話の幹を育てるための面白いヒントがあるのよ。私が、いま、喋っちゃってもいいけど、自分で探した方が楽しくない？」と、糸が、二葉に聞いている。

「待って！　おそらくね。糸ちゃんが言っているところと、いま、私が思い浮かべているところと同じところだと思うの。実は私、先日、ヒロシとYの勘違いの話をした後で、『ああっ！』って、そこのところを思い出したのよ。あれって、もしかしたら、日常会話のヒントでもあるけれど、勘違いや失態の抑止力の凄いヒントじゃないんだろうかって？」

一美が言うと、

「勘違いや失態の抑止力のヒント！　しかも、日常会話の幹を育てるヒント！　それがこの『聞き上手は一日にしてならず』の中に書いてあるの！　読むわ、Yum-yum!（美味しい）」と、二葉が、息せき切って言う。

「ヤム・ヤム？」一美が、首を傾げると、

「美味しく読ませていただきまーす！」と、二葉は、澄ましている。

「というわけで、一美、この本貸してね。次回までに読んで来るから」

二葉は、一美が断るはずがないとばかりに、もう、自分のバッグの口を開けている。

「もち喜んで。私はね。また、今日のあなたの『このさきはきもの無用』の新聞記事の話が、とっても興味深かった！　だって、その新聞の日付、関東大震災から四カ月弱しか経っていない頃のことだもの。そこにどんなドラマがあったんだろうって……。水晶玉が、ころころころころ勝手に転がっちゃうくらい喜んでる」と、一美は言った。

「なるほど。私は、またね、『勘違い』ってこと自体が、何か面白くなって来てるのね。最初Yの話を聞いたときには、『あり得ない！』ってことしか思わなかったんだけど……。だって、イカとタコは違う、ニンジンと大根は違うっていうように、『違う』って言葉には不思議はないけど、『勘違い』の『勘』ってなあに？　直感とか、第六感とかによる間違いなんでしょうけど、それが、一概に人に害をなすものかどうかね」と、糸は糸なりに、気になることを見つけているようだった。

「凄いね。何か、大学生のseminar（セミナー・ゼミナール）みたいになって来たね！　私は、次回までに、このインタビューの本を読んで来るから、一美は、『このさきはきもの無用』について考えて、糸ちゃんは、『勘違い』そのものについて調べて来てね」

二葉が、割り振ると、

「仕切る～！　でも、いいよ。やって来る！」

糸は、子どものように、ぱちぱちと両手を打ち合わせた。

x　雑学が、日常会話の幹を育てる？

　遠くで雷の音がしたように思ったので、一美は洗濯物を取り込もうとベランダに出た。カラスが一羽、慌てたように飛んで行くのが見えたが、空のどこにも黒い雲が見えない。錯覚だったのだろうか？　一美は薄い雲の掛かった初夏の空を見回した。

「雷」と聞いて一美が思い出せるのは、ベンジャミン・フランクリンが、雷鳴とどろく嵐の中で凧を上げるという命懸けの実験をして、雷が電気であることを証明したというエピソードと、雷は高いものを伝って落ちるので、高い木のそばには寄らないことなどの避難法くらいである。なぜ雷が落ちるのか？　雷とは、どんな電気なのか？　何も知らないでこの歳まで来てしまっている。気づいてみれば呆れるほど貧弱な知識世界の中で生きて来ているのだが、その貧弱な知識の一つに、関東大震災が起こったのは、大正十二年九月一日だったということが含まれていたのは幸いだった。

聞き書きボランティアで出会う古老たちには、その前後に生まれた人も多く、「大正十二年の大震災の翌年に、この世に生を受けて……」というような言葉で、関東大震災と絡めて自身の生い立ちを語り始める人も結構いる。

そんなことから関東大震災発生の日を知っていたのだが、そのお陰で、二葉の話を聞いて、「このさきはきもの無用」の勘違いが、震災から四カ月弱経過した頃の話だということに、すぐに気づけたのだった。

慶用寺とかいう寺の祭りが、どんな祭りのことかは勿論不明だが、それが震災に関りがあるとしたら……。次から次へと想像が広がって行く。

聞き書きボランティアの会では、庶民の歴史を聞き書きという形で正確に記録して後世に伝えようとしているため、聞き手の勝手な想像は固く禁じられている。が、「はきもの－きもの勘違い」では、いまのところ想像しかしようがない。

それが、これほどと思うほど愉しい。

ネットで検索してみると、慶用寺は島根県と静岡県にあって、ともに曹洞宗の寺だ。

それらの寺に電話で問い合わせてみたら、「はきもの―きもの勘違い」は当寺で実際にあったことという返事を貰えたりするだろうか？

また、『時事新報』の記事も、その真偽を確かめる気なら、データ化されていて、国立国会図書館などで閲覧が可能とわかったのだが、一美は、あえて、慶用寺に問い合わせもせず、記事の真偽も確かめようともしなかった。

事実はともあれ、自分なりの想像を一つの物語のようにして纏めてみたい。一美は、弘志とのデートもボランティア活動もない休日のつれづれをパソコンに向かうと、頭の中の水晶玉に浮かび上がるままの少女の姿を書き留め始めた。

一週間後。二葉と糸と一美は、また同じ店にいた。

二葉は、はしゃぎ過ぎと思われるくらい浮き浮きと、付箋を貼った本やノートをテーブルの上に広げている。そんな二葉を唆（そそのか）すように、一美は言った。

「これまでの成行きからすれば、『聞き上手は一日にしてならず』の中にある、日常会話の幹を育てるヒントの話から始めるのが筋じゃない？」

糸も、頷いて、

「プロのインタビュアーの凄まじいまでの事前準備ってことと、その事前準備こそが、インタビュアーの幹だってことは、わかったんだけど。だけど、私たち一般人には、とてもそんな準備はできない。だからといって、私たち一般人には、幹は不要で、枝葉の一つも茂っていればいいっていうのでは、あまりに情けなさすぎる。それでは、日常会話の幹は、どうやれば育つのかということを見つけて来るのが、二葉の課題だったものね」と、二葉が話し出しやすいように、これまでを纏めて言った。

「はい、Just soです！　それで、もう二人とも知っていると思うけど、私としては、この本の中の藤沢という刑事の話が、とっても役立つように思ったのね。私が下手にsum up（要約）したりするより、読んだ方が早いと思うから、二人とも、復習のつもりで聞いてね」

二葉はそう前置きすると、二葉の喉から出て来る声とも思えないほどの細く澄んだ声で、読み始めた。

藤沢　警察手帳を出せばしゃべると思ったら大間違いですね。誰だって関わりたくないというのが本音なんですよ。地取り捜査なんて同じお宅に何回も行きますからね。「何か思い出したことはありませんか」って。ある事件で、現場近くに「どうしてもあそこは何か目撃しているんじゃないか」という家があったんです。地取りの担当が何回行っても話をしてくれない。ところが、あるとき、手品が得意な刑事がいた。トランプを持ってその家に行って、子供の前でトランプをやってみせた。子供たちはびっくりして大喜び。そうしたら「じつはあの日……」と話が始まった。

――なるほど。手品をする刑事というのは愉快ですね。

藤沢　我々は事件が終わるとちょっと休んで、それからは大部屋で事件が起きるのを待っているんですよ。（中略）そのときに先輩刑事が言うのは、「雑学をやれ。なんでもいいから浅くおぼえなさい」と。売店に行くと本があるから、さつきの本だとか釣りの本だとかゴルフの本だとか、あるいはトランプの本だとか、そういうのを買って、さつきの育てかたでも釣りのしかたでも勉強しろと。それが地取り捜査で役に立つんですよ。さつきのある家に聞き込みにいって「じつは私もさつきの勉強をしているんですが、これはどういうふうに育てたんですか」なんていう話をすると一時間でも二時間でもできるんですよ。

「ね？　一時間でも二時間でも、話ができるって言うんだもの！　凄いでしょう」と、二葉は、自分で読んで見つけた、聞く力養成の大ヒントに、満足しきった笑顔を見せた。

「だよね。だから、婚活ってことで言うなら、私としては、『面白そうに聞く』『〝あれ？〟と思ったことを聞く』というようなヒントを頼るよりも、本屋に行って、自分が付き合いたいと思うような人が読んでいそうな雑誌や本を買って読んだり、同じ趣味を持ったりする方が、ずっと効率がいいのでは、と思っているってわけなんですよ」

糸が、唇を尖らせて、ぼそぼそと言っている。

「その話、my belly buttonまで落ちるわ」と、二葉。

「うん？　ああ、お腹のボタンじゃない、おへそまでね。わかって貰えて、happyぞろりよ」と、糸。

「でもね」と、二葉は、糸と一美の顔を見比べながら、

「この『雑学』ってことが、『日常会話の幹を育てるヒント』ってことは、ホント、納得。だけど、私が、わからないのは、それが、at the same time（同時）に、『勘違いや失態の抑止力』のヒントでもあるって、一美が考えているってこと。もし、そうなら、私、Yに教えてあげたい。それにね、ついでにね、もう一つ教えて。この本のタイトルは、『聞き上手は一日にしてならず』ってなってるでしょう。幹を育てるのは、まさしく一日にしては、ならない。だから、『粘り強く努力！』って人はいいけど、大概の人が、『そんなの無理！』ってなると思

うのね。そんな意志薄弱人間でも、日常会話の幹を育てる方法ってあるのかしら？　まあ、これは、ちょっとこの本のmain subjectからは外れるかも知れないけど……」と、相変わらず、二葉らしい要求をする。

「もしかしたら、私、その両方ともに答えられるかも……」

一美は、思わずそう呟いてから、

「えっ？　ホントかなあ……」と、自問自答した。

「でも、まあ、そう言ったからには、私の頭の中には何かあるでしょうから。自分に自信を持って、落ち着いて……。でね。私、この間、ヒロシと話していて思ったんだけどね。『料亭』って聞いて、どんなことを想像する？」と、一美は、糸と二葉に、問を投げ掛けた。

「うん？　そりゃあ、まず、料理。それから、和室、床の間の掛軸、活花、庭……。いずれにしても、非日常の世界よね。一歩そこに足を踏み入れると、アクセクした日常がどこかに消えて、ゆったりした時間が自分を包み込んでくれる……」

二葉は、想像するだけで寛ぐのか、楽しそうだ。

「料亭の真髄(しんずい)は、『おもてなし』かもね。その心を感じる」

糸も、ゆったり楽しそうに、料亭にいる自分を想像しているらしい。そんな二人に、ちょっと気の毒とは思いつつ、一美は、次の質問を二人にした。

「だけど、Yは、どうだったかしら？」

「そりゃあ、Yは、きっと食べ物のことだけを考えて、脇見もせずに玄関に直行してるわ！　だから、失態も起きたのね」

二葉は、笑っている。

「そう。だから、反対に、庭などに対する関心、つまりは雑学が、勘違いや失態の抑止力にもなるんじゃないかなって思うってわけなのですよ。やれやれ、これで、やっと、勘違いについての自分なりの結論が出せました！」

一美は、一語一語、確認するように、ゆっくりと言った。

「Yが、口と食道と胃だけの満足をイメージして、庭などにはまったく頓着せずに、一目散に玄関に突っ走っている姿が眼に浮かぶわ……」

二葉は、そんなYを想像しても楽しいのか、なおも、くすくすと笑い続けている。

「一美の話、面白い！　Yは、あたかも焼き肉屋に向かうがごとく、老舗料亭の玄関に突進したってわけね。そりゃあuntimelyってこともあったろうけど、Yに、庭や建物や仲居さんの着物など、ほんの少しでも眺めてみようとする雑学の基礎があれば、それが勘違いや失態の抑止力に大いになりえたということね」

糸も、やっと腑に落ちたように、すっきりした表情を浮かべている。

「certainly（まさに）の大行列！」

一美が言うと、二葉は、いきなり悩ましげな顔を、一美と糸に向けて、

「でもよ。その雑学は、一日にしてはならないんでしょう？　もしYに、『雑学が身に付くよう、もっと本を読んで！』とか言っても、きっと、『仕事が忙しくて暇がない』とか、『いろいろ読んでも、僕は記憶力が弱いから、どうせ、頭に何も残らないし』とか言い訳するだろうと思うの。その顔が、眼に見えるよう！」と、変なことには自信ありげに言う。

「ちょっと待って。その悲観モードから、Come back!　きっと、一美が、いいヒントを教えてくれるよ。そんな顔してるもの！」

糸が、すばやく、一美の表情を読んで言う。

「そうね。確かに、雑学は一日では身に付かない。だけど、どんなものでも、その入口を見るだけだったら、簡単にできるでしょう？　そっちの方を向きさえすればいいんだから。老舗料亭だったら、その『おもてなし』を演出している木でも石でも灯籠（とうろう）でも活花（いけばな）でも壺でも。とにかく、ちょっと、それに眼を向ける。それこそが、雑学の入口ではないのかと……」と、一美が言うと、

「a little more 具体的に！」と、二葉が、早速、注文を出す。

一美は、ちょっと考えて、

「例えば木だったらね。料亭の庭のモミジを、ほんのちょっとだけ、よく見て、『普通のモミジと葉の形が違うように思うんですけど……』って、話題にするだけでいいと思うの。すると、一人くらいは、そういうことに詳しい人がいて、『いやー、よく気がついたね。普通のモミジは、イロハモミジっていうんだけど、

このモミジは、コハウチワカエデっていうモミジなんだ。ハウチワっていうのは、ほら、天狗が持っているあの葉うちわ』なんて教えてくれたりすると思うの」

「えっ！　一美から、そんな話が聞けると思わなかった！」

植物に詳しい糸が、感心したように言う。

「先日、ヒロシから樹木の講義を受けたばかり！」

一美は、ぺろっと舌を出した。

「でも、どおう？　『あの木の名前、何ていうんですか？』って、ただ、そう聞くだけでも、そこはもう雑学の入口じゃないのかしらねえ？」

一美が、言うと、

「そうか！　自分が知っていることを聞かれるのは、誰だって嬉しいものね。私なんかもケーキのレシピなんか聞かれると、つい、いい気になって喋ってる」と、二葉。

「インタビューと違って、日常会話では、相手のことばかり聞くのは不躾（ぶしつけ）って見做されるけど、不思議よねえ。相手の趣味や関心事について聞くと大歓迎されるんだから」と、糸。

「何もかも、すっかり、my belly button（おへそ）まで落ちました！　ということで、二人に協力して貰っての本日の私のまとめは、①雑学こそが、日常会話の幹を育て、勘違いや失態の抑止力にもなってくれる。②雑学を育てるためには、まずは、ただ、そちらに眼を向けるだけでいい。それこそが、雑学の入口である……ということになりました」と、二葉が纏めた。

糸と一美は、胸元で小さく手を打ち合わせた。それから、三人は、それぞれドリンクのお代りをして、一息ついたのだった。

糸がグラスの中を覗き込むようにしながら、呟いている。

「雑学……教養と言ってもいいでしょうけど、雑学って、もしかしたら、もう自分の中に結構あるのかもね。それがゴタゴタ積み重なっているから取り出せないだけで……」

「というように、私の叔父は言ってたけどね。ずっと昔に」

一美が言うと、糸は、微笑んで、

「一美が、この間、気象情報のこと話してたでしょう。あんなに毎日見てるのに、私も、『明日の天気さえわかればいい』って感じで流し見してたなあって。それで、丁寧に見始めたら、とっても些細なことだけど、『あっ！』って気がついたことがあったのね。『晴れ』『曇り』『雨』っていう、この三個の言葉には共通するものがあるって」

「えっ？　だって、『天気』ってことでしょう？」と、二葉。

糸は、ゆっくりと首を振って、

「だって、『天気』として考えると、『晴れ』と『雨』は逆で、『曇り』はその中間って感じで、バラバラになってしまわない」

「だって、そうだもの」と、二葉は、わざと子どもっぽく、口を尖らせている。

「でもね。その三個の言葉を、『雲』って糸でビーズのように繋いだら？」

糸が言ったので、一美は、吹き出した。

「返し縫いの糸ちゃんが、ビーズ細工も始めたってわけか？」

糸は、澄まして、

「まあね。するとね。『晴れ』とか『曇り』とか『雨』とかの天気って、結局、雲のありなし、雲の状態など、『雲』だけで決まっているんだって思うようになったのね。それで、私、先日、早速、その雑学を使ってみたの。それというのもね。うちの社の取引先の人なんだけど、最近よく顔を合わせる人がいて……。いま言うのは、恥ずかしいかな？」

ふいに、糸が口ごもったので、一美と二葉は、はっと、顔を見合わせた。

「で？」

一美が、幾分震え気味の声で聞くと、

「うん」

糸は照れ笑いをしながら、小さく舌を出した。

「まあ、いいか。でね。その人が、『明日、ちょっと遅めではあるのですが、できれば、潮来（いたこ）のアヤメ見物にお誘いしたかったんですが、関東一円の天気が崩れるとかで、お誘いするのを諦めたのですが……。でも、諦めたから、やっと、こんな話もできるのかも知れないのですが……』って」

「わあっ。意味deepなもの言い！」

「でしょ？　で、実は、私も、ちょっとその人のことが気になってたものだから。それに『これってお天気絡み！』って思ったら、何でしょうね？　急に身体の奥からむくむくって挑戦的な度胸が湧いて来て、『よろしければ、アドレスいただけません？　天気予報って、当たらないこともありますし……』なんて言ってね。アドレス交換したの」

「すごい！」

糸に初めての艶っぽい話に、二葉は、声が上ずっている。

「でね。家に帰るなり、気象情報と睨(にら)めっこ。潮来あたりだけを睨んで、そこらに雲がどんなふうに掛かると予想されているか見てたらね。この時間にここに行って、この時間にここらでご飯食べてれば、うまく雨は避けられるんじゃないかと思えて来て。それで、『私の予測では、明日は全般的には雨ですが、潮来では、きっと曇り程度だと思います。私、それを確かめるためにも潮来に行きたいんですけれど、お付き合いいただけますか？』って、メールを送ったの。そしたら、『喜んで！』って。それで、一緒に潮来に行ったんだけどね。行っている間じゅう、うまく雨を避けられたの。そしたら、その人ったら、『君は、何かアプリでも使ったの？　それとも、もしかしたら、占いの水晶玉でも持ってるの？潮来って、ただでさえ、他より雨の多いところなのに』って不思議がって……」

「私の水晶玉より、糸ちゃんの水晶玉の方が、ずっと科学的！　ったくねえ。ピンポイントで、自分が行くところだけ雨でなきゃいいんだから」

さすが緻密な糸のやり方に、一美は、舌を巻いた。

「いま頭の中に、ゴタゴタあることをそのままにして、その上に何か新しいknowledge（知識）と考えないで、すでにあるknowledgeを、ビーズに糸を通すように、同じ種類のものどうし束ねて行くだけでも、頭の中が、ずいぶんスッキリする。それだけでも、立派な雑学や教養になるってわけね？　またまた、my belly buttonまで、ストーンと落ちました！」

二葉が、自分の腹部のあたりを撫で回しながら言う。

「一つ一つは小さいビーズが、糸で繋がれ構造的に組み合わされて、見事なアクセサリーに変身するように、ゴタゴタ積み重なった知識も、見事な雑学や教養に変身しうるってこと。勿論、そのためには、糸が最も大切なんだけど……」と、糸が言うので、

「運命の赤い糸みたいに？」と、一美が、ふざけると、

「AとBが相思相愛のカップルならね。でも、一見、関係なさそうに見えるAとBを繋ぐのだから、まずは素朴で基本的な木綿糸かな」と、糸は、笑っている。

「ああ！」と、二葉が、感極まったような声を上げた。

「一美と糸ちゃんのお陰で、私も、やっと、the next stageへって、決心がついたわ。本当に二人のお陰」

新しくドリンクを注文し直して、とろけそうな顔の二葉に祝杯をあげると、一美は、思い出して言った。

「糸ちゃんからの初デートの報告で、すっかり忘れてしまってたけど、糸ちゃんは、今日は、勘違いそのものについて調べて来るんだったよね？」

一美に指摘されて、糸は、照れ臭そうに肩をすくめると、鞄から一冊の分厚い

本を取り出した。
「これはチュコフスキーっていう、もう四十年以上も前に亡くなったロシアの作家が著した『2歳から5歳まで』っていう本なんだけどね。勘違いを調べるんだったら、大人より子どもの方が面白いんじゃないかって探してて出会ったのが、この本。子どものいろいろな勘違いの例が書かれているんだけど、幾つか読んでみるね」
糸は、栞を挟んだページを開くと、淡々とした声で読み始めた。

わが家の男の子ニコライは、三歳のときはじめて松ぼっくりを知りました。木の根のそばに落ちていたのです。それから二月ほどたちました。こんどは、枝についている松ぼっくりが、コッテージの二階から見えました。するとかれは、「あの松ぼっくり、木にのぼったんだね」と言いました。

「うん。ありそう〜！」と、一美は言った。

「楽しい～！」と、二葉。

「でしょう？　でね、まだ、いろいろ」

糸は、にこにこ笑いながら、楽しそうな勘違い例を拾って読んだ。


「ぼくニンニクが好きだよ。ソーセージのにおいがするからさ」

「海は岸が一つあるもの。川は岸が二つあるもの」

「ダチョウは、キリンっていう鳥のことだよ」

「シチメンチョウというのは、リボンをつけてるアヒルのことだよ」

「ママ、市場へいって、できるだけたくさんお金を買ってきてよ」

「ぼくの枕をかしてあげる。いっしょにぼくの夢を見ようよ」

「よく眠った？　どんな夢を見た？」「なに言ってんの！　あんなにくらいんだもん、なにも見えやしないよ！」

「ユーラが、お鼻から、うんちをもらしてる」

「アリョンカのお手ての指は、小指ばっかりね」

おばぁちゃんが入歯を出しました。それを見て、ユーラは笑いころげながら言いました。「こんどは目を出してごらん」

「おかしい！　お腹の皮がよじれそう！」

二葉は、転げそうに笑っている。

ひととおり笑いがおさまると、糸は言った。

「子どもは勿論、経験が不足しているから勘違いも起こるんだけどね。この本の著者は、子どもが少ない知識をもとに積極的に現実世界を理解しようとしているからこそ勘違いも起こるんだって言うの。子どもが、もし大人から与えられたものばかりを、そのまま学んでいたら、あれほどの短期間に現実世界を理解できないだろうって。だから、私の結論は、勘違いしなくなったってことは、それだけ学習が進んだことではあるけれども、積極的に世界を理解して行こうとする情熱の欠如でもあるかなって……」

「情熱の欠如を取るか、勘違いを取るか、究極の選択？」

一美が、おどけたように言うと、糸は頷いて、

「私としては、勘違いは、まあ、しない方がいいとは思っているんだけど。でも、この本読んでいると、子どもがどれだけ豊かで素晴らしい存在かってことが心に沁みて来て、早く子育てしたくなっちゃう！」と、満更嘘でもなさそうな声で言っている。

「子育てか！　その前に、私は、Y育て！」

二葉が言うと、実感がこもって聞こえて、一美と糸は、吹き出した。

「では、最後に、私」と、一美は言った。

「で、私はね。恥ずかしながら、生まれて初めて物語なるものを書いてみました。『履物』と『着物』の勘違いが、どういう状況なら起こりうるか、まったくの妄想なんだけど……」

一美は、プリントアウトして来た少女の物語を、二葉と糸に手渡すと、二人が黙読し終るのを待った。

xi　妄想は、愉し！

　しばらくは探すつもりで来たのだが、真新しい塔婆（とうば）の立った墓は懸念していたほど夥（おびただ）しくはなく、少女は思いがけず早く康介の墓を探し当てた。

　いつかは同じ墓にと夢想しなくもなかったのに、自分が康介と共に葬られる機会は、これでもう未来永劫に失われたと思うと、少女は、さすがに心の底が抜けたかと思うほど虚しかった。

　シキミも団子も線香も供えないで、ただ両手を合わせて一心に康介の冥福を祈念した。掃除や供え物をしなかったのは、少女のことを知らない康介の家族が、墓参の痕跡を見て不審を起こさないようにとの配慮からだったが、それがために少女の祈りは、より純化されていくようだった。

　墓参を済ませると、少女は、境内の隅に行って、そこにひっそりと立っていた。

合同法要が始まる間際まで、そこで待つつもりだったのだが、墓参に来た人々が通りすがりに自分に怪訝な視線を向けるかも知れないと気になって来て、少女は思い切って、「百ヶ日合同法要参拝者待合所」と書かれた貼り紙が貼られている庫裏に入って待つことにした。

庫裏の敷居を跨ぐと、なかには入口近くの小机に芳名帳や墨硯の用意をしている小僧がいるだけで、他に人の姿はなかった。が、広間には、なかほどに置かれた座卓の上に茶器の用意がされ、かたわらの火鉢に掛けられた鉄瓶からは、細い湯気が立ち昇っている。

そのわずかな暖気さえも厭うように、少女は、広間の端を奥まで進むと、広間の内側に向かって正座した。法要が予定されている午前十一時までには、まだ一時間近い間があった。

庫裏の前を、三々五々、シキミを腕に抱えたり、お供え団子や線香を手に持った人々が、裏手にある墓地に向かって横切って行く。墓地からは、彼岸などの日のみに起きるような人々のさんざめきにも似た声が聞こえて来る。

少女は瞳を閉じて、康介の墓に参集しているかも知れない家族や親戚を心に思い描きながら、また一心に祈りを捧げた。

今朝、少女は、夜明け前に起床して、前夜の残り飯と白菜の一夜漬けだけで簡素な朝餉（あさげ）を済ませると、冷たい水で身体を清め、白足袋（しろたび）を履き、この日のために縫っておいた木綿の白い長襦袢（ながじゅばん）を、襟元をきちっと合わせて着た。それから、地味な銘仙（めいせん）の着物と黒っぽい普段着の帯を身に付けて、外に出た。

空は、薄絹のような雲に覆われていたが、やがて東の空に曙光（しょこう）が現れ始めると、真ん丸い線描のような太陽が昇って来た。

少女は、まず太陽に向かって両手を合わせ、次いで身体を少し北に向けて、地震発生と同時に崩落した煉瓦造りの洋館の下敷きになって、一瞬にして康介が圧死した横浜の空に向かって祈りを捧げた。それから、また少し身体を北へ回すと、死者の霊が集まると言われている富士山に向かって一心に祈りを捧げた。

暦の上では先日すでに大雪（だいせつ）を迎えていたが、ここ静岡では、それはまさに暦の上だけのことで、空気の底に刺すほどの寒気は感じられない。

富士山に向かって祈りを捧げ終わると、少女には、もうすべきことが何も残っていなかった。寺に行くには、いくらなんでも早すぎた。そこで、少女は家に戻り、自分の部屋に籠ると、長い間、凝然（ぎょうぜん）と正座していた。

庫裏の広間の隅にいて、少女は、やはり正座していた。墓参を終えた人々が次々に広間に上がって来て、温かいお茶を注ぎ合ったり、お互いの家に降って湧いた不幸について語り合ったり、涙を流し合ったりしている様子を、伏目がちに感じていた。

そのなかには康介の家族もいるはずだった。が、遠くに座っているのか、「康介」という名は、少女の耳には聞こえて来なかった。

「やっぱえ来てたんだ！」

突然、頭上から聞き知った声が降って来た。この村に住む従兄（いとこ）の佑一の声だった。

少女は、俯いたまま軽く頷いて、声が降って来た方に顔を向けようとした。そのとたん、それまで、きつく結んだ手毬のようだった心の緊張がいきなりほぐれて、自分の顔が、みるみる泣きべそをかく寸前の頑是(がんぜ)ない幼児の顔に変わっていくのが、少女にもわかった。

「佑兄(ゆうにい)……」

康介の親友であり、少女の従兄である佑一だけが、康介と少女の密やかな恋を、康介を失った少女の悲哀を知っているのだ。少女の瞳に涙が滲んだ。

「つぇらかったなあ……」

佑一は、小声で、そういたわりの声を掛けると、少女に脇腹をくっつけるほど近く座って、

「あっちぇに、康介の家族がおろけど、挨拶するか？」と、聞こえるか聞こえないかの声で、少女の耳に囁(ささや)いた。

少女は、ゆっくりと頭を振った。

「うん、たえがえ、そのほうがええ。えまさら挨拶してもなあ」

そんなふうに佑一に言われると、少女はますます緊張が緩(ゆる)んで、ついに、はらはらと涙をこぼした。

佑一は着物の袂から手拭を取り出すと、まず、少女の膝、それから胸、それから顎を拭うと、そのまま手拭を持った頑丈な掌で、少女の顔を挟みこんで、目尻や頬の水滴を手拭に吸い取らせた。

「泣けたかったら、なんぼ泣ぇてもええよ」

佑一は、ほとんど少女の耳の穴に囁くような小声で言った。

少女は、嫌々をするように頭を振った。

愛する人を失った自分の辛さなど、わずか二十歳で命を落とさざるを得なかった康介本人の無念さに比べれば、何ほどもないはず。康介の死を知ったときから、繰返し繰返し少女の胸に去来するその想いから、少女は、自分に泣くことを禁じていたのだった。

「よぅし！」

佑一は頷くと、手拭を持った手で、励ますように、ぎゅと少女の顎を一掴みした。

少女は泣いた後の顔を見られるのを恥かむように、両手を上げて、佑一の手拭の両端を掴むと、瞳の下まで持ち上げた。マスクのように顔の下半分を覆った手拭の上に覗く少女の濡れた双眸が、あまりに妖しく感じられて、佑一は思わず唾を飲み込んだ。

「お待たせしました」

突然、そんな声が、どこからか聞こえたと思ったら、少女の後ろの襖ががらりと開いたので、少女は、飛び上がるほど驚いた。

見ると、そこには小僧が居て、小僧の後ろに広くて長い廊下が向こうに向かって伸びている。少女は、気づかないまま、廊下への出入口の襖の前に座っていたのだった。

「ほい」

佑一は、少女の後ろに回って、後ろから少女の両腕を掴むと、荷物でも起こすように少女をその場に立たせた。そうして、後ろから両腕を掴んだまま押すようにして、少女を先に立たせて廊下を歩き始めた。

成行きとはいえ、結局、少女は、小僧に案内されて、七、八十人はいる参拝者の先頭を歩いて本堂へと移動することになったのだ。

長い廊下だった。本堂に行く途中にある庭に見事な赤松が植わっていて、南中に近い太陽が太い幹を照らしている。

光を受けた赤い幹は、法要には不似合いなほど精悍な命を思わせた。

康介は亡くなり、自分と佑一は生きている。これからも生き続けていく。先ほどから佑一に掴まれたままの腕のそこが熱かった。

少女は軽く身を捩って、佑一の両手を振り払った。すると、佑一に会うまで少女の身体を満たしていた緊張感が、また少しずつ蘇って来た。

そこはもう本堂だった。小僧は、どこかへ去っていたが、本堂の祭壇前には僧侶用の大きくて厚い座布団が敷かれ、その後ろに参拝者用の座布団がずらりと敷き詰められている。

本堂からは幅の広い階段が境内まで下りていて、賽銭箱の向こうの巨大な香炉からは、先ほどみんなが手向けたものだろう。人影のない中を、盛んに線香の煙が上がっていた。

階段の柱に、何か貼り紙がしてあった。少女は瞳を凝らして、その貼り紙を見た。「このさきはきもの無用」。貼り紙には、墨の痕も黒々と、そうしたためてある。

「このさきは、きもの無用」

少女は、声を出さずにそう読んだ。

少女の脳裏に、念仏を唱えながら滝に打たれる修行僧の白装束姿が鮮やかに浮かび上がった。

修行僧のように白装束姿になって、墓参から法要までの間にほどけかけた緊張の糸を巻き戻して、故人の冥福を祈念する。それは、少女には、誠に納得のいく指示に思えた。

少女は、粛々（しゅくしゅく）と帯を解き脱いだ着物を袖畳（そでだた）みしながら、不審げな表情を浮かべている佑一に眼だけで、柱の貼り紙を指し示した。

「おう」

佑一は頷いて、羽織と着物を脱いで、これは黒っぽい長襦袢姿になると、後ろの人に柱の貼り紙を指差した。

「着物は脱ぐんだ」

「ふら、あすこに、着物無用って」

人々は次々に着物を脱ぐと、本堂に入って行った。

読経と焼香を終えると、和尚が参拝者に向き直って話し始めた。

「今日から丁度百日前の九月一日、午前十一時五十八分、神奈川県相模湾を震源にして起こった関東大地震（おおじしん）によって、実に十万人以上もの人が亡くなりました。地震の被害は、ここ静岡県にも及び、県内でも五百人もの人が亡くなっています。そうした被害もおよそわかって来て、辛いながらも今日は、やっと合同で法要を営めるくらいには日常が戻って参りました。間もなく、地震が起こった時刻です。あれは、まだ夏のように暑い日で、風が強く……。結果的にたくさんの人々を火災で失ってしまったのでしたなあ。ところで……」

和尚は、参拝者をぐるりと見回して、

「今日、みなさんが、そうして着物を脱いでいらっしゃるのは、どういう訳からでしょうか？」と、穏やかに尋ねた。

突然のざわめきが参拝者に起こった。本堂前の階段の柱に貼ってあった貼り紙の話を和尚にする者もいた。

「ああ！」

和尚は膝を打った。

「それは申し訳ないことをしました。境内から土足で本堂の階段を上がって来る参詣者さんがいるものですから、私が、『このさき　はきもの無用』と書いて小僧に貼らせたのです。『このさき』と、『はきもの』との間に読点を打つべきでしたな。しかし……」と、和尚は、軽く語気を強めた。

「こうして、みなさんが、師走にもかかわらず着物を脱いで、寒さに耐えつつ法要を行われたということは、亡くなられた方々への何よりの供養となりましょう」

その日から二週間以上経って、年の瀬も間のないある日、佑一が新聞を持って少女を訪ねて来た。
少女は、佑一が見せてくれた十二月二十六日付の『時事新報』の記事を見て色を失った。そこには、百ヶ日合同法要の日の自分の勘違いが書かれていたからだ。

ある日、慶用寺のお祭りにたくさん人がまゐりました。そして、廊下を通って、庭の前まで出ますと、柱に、「このさきはきもの無用（ママ）」と書いてありました。人々はそれを読みちがへて「このさきは、きもの無用」と読んで、男も女も、着物を、ぬいで行きました。

自分の名前が報道されなかったことはまだしもの幸いだったと、少女は胸を撫で下ろした。
佑一から新聞を譲って貰って、法要の日に着た白い長襦袢と、康介との思い出とともに、少女は、それを箪笥の奥に仕舞い込んだ。

「この後、この少女が、どんな人生を送るのか。早く続きが読みたいようね」と、糸。

「少女とcousin（いとこ）の佑一は、いずれcousin marriage（いとこ婚）とか？」と、二葉。

「そうね。まだ、そこまでは……。それより、私、こんなこと書いていたら、この慶用寺ってお寺に行ってみたくなっちゃって。静岡県なら一泊すれば十分に観光もできるし……。ねえ、一緒に行かない？」

一美は、二人を誘ってみた。

「行く行く！　観光だけじゃなくて、そういう目的がある旅行って素敵。それに、一美が結婚しちゃえば、もう一緒に旅行なんてできないかも知れないから。二葉も、一緒に行こうね」

糸が誘うと、二葉は、申し訳なさそうに口をすぼめて、

「ごめん！　私は、遠慮させて。やっとYと、the next stageにfall inしてもいいか！　って自信ができたから。貯めたお金は、彼との旅行に使いたいの」と、言

う。

「そうなんだ！　では、静岡へは、糸ちゃんと二人でね」

一美は、思い切りよく言った。

xii　宝飾品売り場 with a woman？

楽しい時間をともに過ごしてから、まだ三日と経たないのに、また二葉からメールが届いた。「イミデ会える？　ア・イン　テリブトラブル」

テリブは、terrible（怖ろしい）？　体重が二キロ増えた、Yが取るに足りない失態をしたなどよりは、トラブルらしいトラブルなのだろうか？　どちらにしても、アパートに一人帰るより、二葉の些細な悩みごとの相手をしながら夕飯を食べる方が楽しいに決まっている。

「シュア」と返信すると、「サンクスぞろり」と返信が来た。

糸と一美が、ほとんど同時に居酒屋に入ると、二葉がしょぼんと肩をすぼめて座っている。三日前からは想像もつかないほどの憔悴ぶりに、二人は慌ててドリンクだけ注文すると、二葉に話を促した。

「他の誰にも言えない話。だけど、一人じゃ持ち切れない。聞いて貰ってい い？」と、二葉。

「どうしたの？」

「今日のことよ。帰り支度を始めたら、洗面所で、同僚たちが立ち話をしている の。Yを、昼休み中に、近くのデパートの宝飾品売り場で見掛けたって」

「……？」

「with a woman!」

「はあ？」

一美と糸は、あんぐりと口を開けた。

「二人で指輪を注文してたっていうの！　指のサイズを測って貰っている女の 人の後ろ姿が私によく似ていて、てっきり私だと思い込んで、近づきかけたら、 違ってて、びっくりしたって！　そんな話を、ひそひそしてるのよ。やっとYと 一緒に旅行でもって思い始めた矢先に、こうなんだものねえ。私って、なんでこ んな辛い目ばかりに遭わなきゃならないのかしら？」

「ちょ、ちょっと。それって、もう、Yが、その人と、何か深い関係にでもあるかのような……？」

一美が言うと、

「当ったり前でしょう？　それ以外に、どう考えようがある？」と、二葉。

「wait の大行列！　何だっけ？　そう。当ったり前は、アタリメ～！　『頭、固くなってない、私？』って、まず、自身を疑ってみましょうってことじゃなかった？」

糸が、穏やかに言う。

「そうよ。それじゃあ、まるで、『Yの心変わり』ってことだけをイメージして、疑惑街道を突っ走っているようなものよ」

一美も、糸の加勢をして、

「ほら。ビーズを繋ぐように、状況を a little more 整理してみましょうよ。どうなの？　Yは、この頃、ちょっとよそよそしかったとか？」

穏やかに聞くと、

「それが、私は、まったく何も気づかなかったの。むしろ、付き合い始めの頃より、Yが優しくなったように感じていたくらいだもの……。それって、きっと、新しい彼女のことを誤魔化すためだったのね！」と、二葉は、ぐらぐら身体を揺すりながら言う。

「wait の大々行列！　何もかも、『疑惑の糸』で繋げちゃ駄目！　何か、疑惑の糸では繋げないような事実はないの？」

一美が聞くと、

「Yの金遣いに、何か変化は？」と、糸。

「Gee!　最近あまりお金の掛かるデートはしないなとは思ってたんだけど……。それって、新しい彼女に指輪買ってあげようとしてたからなのね。それなのに私ったら、Yの取るに足りない勘違いなんかに拘って、ああだこうだ悩んだりしているうちに、すっかりYの心を見失っていたのね。今後の私の人生に、Yのような人が、また現れるかどうかわからないっていうのに……」

二葉は、ますます、疑惑の深みに陥って行きそうだった。

「wait の大行列！　ねえ。ホントに、何か、『疑惑の糸』では繋げないような事実はないの？」と、一美。

「気づいてみれば、最近、おかしいと思うことはあったのよ。普通に冗談なんか言って喋っている最中に、ふと気づくと、Yが、私のことをじっと観察するように見ていることがあったりして……。別れるとなれば、そりゃあ、いろいろ気持の整理を付けなきゃならないし。きっと、どう別れ話を切り出そうかと悩んでいたのね」

「そんなふうに疑惑街道を一目散に進んじゃうことが、勘違いの元ではあるんだけど。だけど、正直、それが単なる勘違いって保証は、どこにもないんだものね」

一美が言うと、糸は慌てて、一美を遮った。

「駄目よ、一美！　あなたまで、二葉に引っ張られちゃあ！」

「でも、私だって、もしヒロシが、誰かと一緒に指輪買ってたなんて聞いたら、心穏やかじゃないもの。糸ちゃんなら平気？」

一美が聞くと、糸は困ったように小首を傾げて、

「それは、まあ、平気ってわけには行かないでしょうけど。でも、もう少し事実がはっきりするまで、私だったら、様子を見るわ」と言う。すると、二葉がすぐに、

「Yにカマ掛けたりもしないで？」と、聞いている。

「だって、隣で指のサイズを測って貰っていた人と、Yと、もしかしたら、たまたま横にいただけで、まったく無関係ってことだってあるでしょう？　それを同じ会社の人が、『恋人の糸』で繋いじゃっただけとか……」

「あっ、そうか！」と、一美は納得したのだが、二葉は、

「いくら糸ちゃんが、そんなふうに言ったって、Yが、宝飾品売り場にいたって事実まではなくなりませんからね！　糸ちゃんのアドバイスどおり、しばらくはYを問い詰めたりはせず、なるべく冷静に成行きを見守ろうとは思うけど……」

と、なかなかに気持の整理は付かないらしい。

「ねえ。一緒に旅行しよう！　気も紛れるし……」

一美は、二葉を誘った。

「ほんとうに、気を紛らせなきゃならない状況なのかどうか……。一美も二葉も冷静に！」

糸は、両手をひらひら振って言う。それには構わず、二葉は、

「Yの様子を窺ってウジウジ考えてるより、旅行した方がいいよね。幸い、お金も貯めてるし。パ～ッと、豪勢な旅行をしよう！」と、やっと声に、やけっぱちの元気が戻って来ている。

「どうぞ、お一人で。私たちは、至ってeconomical（節約）な旅行のつもりだから」

糸が澄まして言うと、

「わかった。それでいいから、一緒に連れて行って！」

二葉は、甘えた声になっている。

「しょうがない。連れて行ってあげる」

一美が答えると、

「もう、二人とも！　まだYのことがはっきりわかったわけでもないのに！」

糸は、呆れた声を上げた。

エピローグ

東海道新幹線「こだま」自由席の三人掛けのシートに、ゆったり二人で腰掛けて、糸と一美は、顔を見合わせた。

「結局、二人になったね」

一美が言うと、

「with a woman の woman が、Yのご姉妹って展開も、もしかしたらって考えなくもなかったんだけど」と、糸も、くすくす笑っている。

「『Yがくれたの！ 私の誕生日にサプライズで！』って。二葉の嬉しそうだったこと！ 左手薬指のダイヤを、キラキラ煌めかせて」

「サイズぴったりの指輪！」

糸は、まだ、くすくす笑っている。

「つたくね！ たまたま上京して来ていた、体型が似ている妹さんが協力してたなんてね。Ｙがサプライズでプロポーズしようなんて洒落っ気を起こすから、私たちまで巻き添え喰っちゃって！　でも、これ結婚式のスピーチのネタになるね」

一美が言うと、

「早いねえ」と、糸。

「うん？」

「新幹線よ。もう多摩川越えちゃったわ！　横浜だったよね？」

「うん？　次？　そう新横浜」

一美が答えると、

「じゃなくて！　一美のお話の中の康介が亡くなった場所」と、糸。

「そうなの。関東大震災の震源が相模湾だったこともあって、神奈川県の被害は、一般に思われているよりずっと大きかったのね。死者も東京の半分はいて。それでね。東京で亡くなった人のほとんどが火災によるものなんだけど、神奈川県ではね、住宅損壊で亡くなった人が結構いるの。住宅損壊による死者数だけだったら、神奈川県の方が、東京よりも多いのよ」

物語を書くために、一美は、いくらかの資料は集めていた。

「そうなんだ」と、糸も、しんみりと、大震災に思いを馳せている。

「横浜には、石造りや煉瓦造りの洋館がたくさんあったからね。官公庁やグランドホテル、オリエンタルパレスホテルなどが一瞬で倒壊して、なかにいた人は逃げる間もなく圧死してしまったという記録が残っているの」

一美が、調べて知った知識を披歴（ひれき）すると、

「康介も、そこで亡くなったのね」と、糸が、親しかった知人の死を悼むように、呟いている。

「康介は、実業学校卒業後、静岡の化粧品や小間物卸の商社に勤めてたんだけど、外国人との商談に出掛ける社長のお伴でオリエンタルパレスホテルに行っていて、そこで圧死してしまうの」と、これは、自分の頭の中にだけある康介の消息を、一美は話した。

「二葉は来なかったけど、康介や少女と一緒に旅行している気分だわ。私の想像

の二人が、一美の水晶玉に映っている康介や少女の像と同じかどうかはわからないけど」と、糸は、微笑んでいる。

「私には、二葉の幻影が……。前の車両で、右左を交互に見ながら、こっちを向いて歩いて来る女性が、二葉に、そっくり！」

一美が、ふと気づいて、驚いた声を上げると、

「Yの妹さんだったりして！」と、糸も何かおかしそうに笑っている。

「あのくらい似てれば、会社の人が、二葉と勘違いしてもしょうがないわね」

一美がなおも言うと、

「そんなに似てる？　どれどれ！」

糸は、身を乗り出すようにして前を見て、

「ホント、二葉だ！」と、すっとんきょうな声を上げた。

「えっ、まさか！　また、ア・イントラブル！」

一美は慌てて、その二葉似の女性を、まじまじと見た。

掛川駅近くのレストランで、三人は、早めのランチを摂ることにした。

「新幹線で二葉の姿を見たときには、悪夢かと思った」

そのときのあまりの驚愕が、一美は、おかしい。

「昨日の夜からYと、横浜にいたの。それで、私がぽろっと、この旅行の話をしたらね。『友情は大切にしなきゃいけない。結婚すれば、僕とは一生一緒にいられるんだから』って、強引に、新幹線に」

二葉が、のろけ半分、言い訳半分で、委細の説明をする。

「あなたを新幹線に強引に乗せちゃって、Yは、その後、他の誰かと一緒かも〜！」

一美が揶揄(からか)うと、二葉は、けろっとして、

「ふふっ。私ね、そういうふうには、もう考えないことにしたの。ほら、糸ちゃんが、前に言ってたでしょう。子どもは、少ない知識をもとに現実世界を理解しようとするから勘違いも起こるんだって。私ね、今度のことでよくわかったんだけど、私なんかが思っているより、Yは、ずっと大人だったし、しっかりしてた。

だから、もう、自分のchildish（子どもっぽい）な思いだけで、あれこれ考えて悩んだりするのよそうって！」と、言う。

「そうなんだ！　じゃあ、もし、Yが、凄い美人と腕を組んで歩いていたって聞いたら？」

なおも一美が揶揄うと、

「もしかしたら、その人、目が見えなくて、Yが、道案内してあげているのかも知れないでしょう。そうした、すべてのケースを私の頭では思い付けない。だから、ああだこうだ考えないで、事実がはっきりするまで冷静に待つ！」

二葉は、断言するように、きっぱりと言った。

「すごい！　二葉、大人になったんだ！」

糸が、しみじみと言うと、二葉は、

「新しいことをいろいろ知ったから大人になったんじゃないのよ。複雑な現実に、一握りほどの自分の知識を当てはめて、勘違いばかりしている子どもみたいな真似はやめようって思っただけ。そしたら、自分でも、何か急に大人になったたなあって……」と、嬉しそうに笑っている。

「二葉の『ア・イントラブル』がなくなるかもって思うと、私の人生、淋しくなりそうな気がするなあ」

一美が、思わず呟くと、

「それって、どんな淋しさ？」

糸が聞く。

「そうねえ。そうねえ……。きっと、親離れする子どもを見送る親の淋しさ」

一美が答えると、

「そんなのんびりしたこと言っている一美には、私の淋しさは、きっと理解できないね。二葉も、一美も結婚しちゃったら、私には、こんな気楽なお喋りができる相手がいなくなっちゃう！」

糸が言ったので、ふいに沈黙が三人の間に落ちた。

一美は早くから弘志と付き合っていて、いずれ結婚ということは暗黙の了解だった。が、二葉の婚約は、いわばサプライズ的に発生したので、糸が急に一人取り残されたような淋しさに襲われるのも無理はない。しかし、そんな糸に、自分は何かしてあげられるだろうか？

最近付き合い始めたばかりの彼との幸せな結末をと願うしかないが、果たしてそんなにうまく行くかどうか？

もし、洋服や靴を選ぶように、付き合う相手や結婚相手も選べるとすれば、さしずめ、糸が、最も多くの人に選ばれるだろう。三人の中では、最も整った顔立ちで、体型もすらっとしていて、頭もいい。それなのに、まず一美の結婚が決まり、ついで、二葉が決まった。

洋服や靴の選択基準とは違う何かが、確かに男女の結び付きにはある。それは何だろう？

一美は、レストランのテーブルに頬杖をついて、糸に眼をやった。糸の顔に、いままで眼にしたことのない表情が浮かんでいる。自分に自信を持ち、冷静で沈着だった糸が、揺れている。来し方を振り返り、そこに何か問題があったのではと悩み始めている。

と、自分には、いまそう感じられてはいるのだが、それも、自分の少ない知識や思いからの推測に過ぎなくて、とんだ勘違いということは大いにありうることだった。だから、いま、糸が何を感じ考えているかということは、ひとまず置いて、いまの糸は、はっとするほど美しい。

実は、自分の物語の少女は、糸を思い浮かべながら書いたものだと、いつか、糸に言うべきだろうか？

一美の脳裏に、一瞬、少女の濡れた双眸(そうぼう)に、思わずはっと唾を飲み込んだ佑一の顔が浮かんだ。

やっぱり、少女と佑一は結婚させよう。そうして、あの『2歳から5歳まで』に収録されている膨大な子どもたちの成長記録と同じくらいたくさんの育児記録を少女が書けるよう、少女に、次から次へ子どもを産ませよう。

あたかも神になったかのように、そんな思いを巡らせていたとき、ふいに頭の中に、神から怒りの鉄槌(てっつい)を下されたかのような強烈な衝撃を受けて、一美は、両頬を手で押さえて眼を閉じた。

二葉から大正十二年の時事新報の記事の話を聞いたとき、自分は、なぜすぐ、「そのこと」に気づかなかったのだろう？

「ねえ」

一美は、おずおずと切り出した。

「もし、大正十二年の『時事新報』の記事が事実だとしたらよ。その頃、つまり、もう百年近くも昔から、もしかしたら、もっともっと昔からかも知れないけど、日本では、履物を脱ぐべき場所の判別が難しかったってことになるよね。そうじゃなきゃ、『このさき、はきもの無用』なんて貼り紙も、そもそも必要じゃなかったでしょうから……」

「Gee!」

二葉は、きっとなった顔を、一美に向けた。

「ってことはよ。Ｙの勘違いなんて、もう百年も昔から、もしかしたら、もっともっと昔から、この日本では、誰もがして来た、ほんとうに些細な、勘違いとも言えないくらいの間違いだったってこと？　それにもかかわらず、私が大騒ぎして、みんなで、いっぱい考えて、勉強して、こうして掛川にまで来てしまったって？」

二葉は、もう笑うしかないというように、笑っている。

「これで、慶用寺が、『はきものーきもの勘違い』の寺でなかったら、まったく画竜(がりょう)に点睛(てんせい)ね」

一美は言った。

「……？」

糸が、首を傾げている。

「欠けるところのない大勘違い！……ええい！大勘違い、万歳！だって、それは、それだけ私たちが、『勘違い』っていう、滑稽で、魅力的で、奥深い世界を、果敢(かかん)に理解しようとした若さと情熱の証でもあるんだから……」

一美は、半ばやけくそに言ったつもりだったが、言っているうちに、心の深いところから、次第に、えも言われぬ充足感と、幸福感と、おかしみが込み上げて来て、思わず、

「ふっ」と、吹き出した。

「ふふっ」

「ふふふっ」

三人は、言い合わせたようにナプキンで口を覆って、糸のように細くなった双眸を見合わせた。

引用文献

○川端康成『山の音』新潮社　１９５７年
○阿川佐和子『聞く力』文藝春秋　２０１２年
○永江朗『聞き上手は一日にしてならず』新潮社　２００８年
○チュコフスキー著・樹下節訳『２歳から５歳まで』理論社　１９７０年

登場人物紹介イラスト
工藤里実

◆秋野　梓（あきの　あずさ）

お茶の水女子大学文教育学部卒業。東京大学大学院教育学研究科修士課程修了。水田まりのペンネームで『親子でみつける「わかる」のしくみ』新曜社など。

◆秋野　まつり（あきの　まつり）

東北大学工学部機械知能・航空工学科量子サイエンスコース中退。学位授与機構にて教育学士取得。

みんなのまなびば“WAKATTA!!”代表。

TTS新書

勘違いパラダイス
Yはなぜ土足で料亭に上がったか

2021年3月16日　初版第1刷発行

著　　者　秋野　梓
　　　　　秋野まつり
発 行 者　中田典昭
発 行 所　東京図書出版
発行発売　株式会社 リフレ出版
〒113-0021　東京都文京区本駒込 3-10-4
電話 (03)3823-9171　FAX 0120-41-8080
印　　刷　株式会社 ブレイン

ISBN978-4-86641-391-4 C0293
Printed in Japan 2021